讓生命潛能 帶你探索心靈世界的真、善、美
Life Potential Publishing Co., Ltd

OSHO

奧修談禪師

南泉普願

靈 性 的 轉 折

Nansen
The Point of Departure

奧修 OSHO 著　陳明堯 Gyan Purana 譯

關於南泉普願

南泉普願禪師，西元七四八年～八三四年，唐代禪僧，俗家姓王，三十歲剃度為僧，參訪各大著名道場。在江西遇到馬祖道一後，很快成為馬祖最重要的弟子之一。

禪史記載，南泉在馬祖心中有獨特的地位，被他稱為「獨超象外」。南泉深入靜心，最後悟道而成為師父，開悟之後還入山再修，混跡樵牧，蓑衣飯牛，三十年不下山，期間創禪院於安徽池陽南泉，後因弟子陸亙的再三敦請才下山傳授禪法，即光大宗風，度眾無數，而有「南泉古佛」之美稱。八十六歲圓寂。

在菩提達摩之後，南泉可謂是另一個靈性的轉折，彰顯了「凡聖本一家」的門徑——物質與精神本是一體。他為禪門開啟了更寬廣的多樣性，帶來更豐富的面向。此後，禪不再是細流，而是一片大海。

目錄

致讀者

這一系列的演說都尾隨著某種的編排，可能會令當時不在場的讀者混淆。

首先是：「該沙達・古魯達亞・賽（Sardar Gurudayal Singh）上場了」這句話。沙達吉（Sardarji）是一名老門徒，我們總會在奧修說笑話的期間，聽到他精力充沛和富傳染力的笑聲，沙達・古魯達亞・賽是對他的尊封。

笑話之後則是一個四階段的靜心，這個靜心的每一個階段都以奧修的鼓手：尼維達諾的鼓聲作爲開始。內文中的這個符號代表這個鼓聲。

靜心的第一階段是亂語（gibberish），奧修如此的描述它：「清掉你頭腦中各式各樣的塵垢……說出任何你不懂的語言……丟掉你的一切瘋狂。」所以在那幾個月中，整個廳堂陷入完全瘋狂的狀態，有數千人嘶吼、尖叫、胡言亂語，且揮舞著手臂。

內文中的代表了亂語。

第二階段是靜坐，帶著意識，讓自己歸於中心，重點在觀照。

第三階段是放下（let-go）——每個人都毫不費力地倒在地上，讓自我封閉的界限融解、消失。

此階段以這個符號爲代表。

最後的鼓聲提醒所有在場者恢復坐姿，此時所聽到的開示是：將靜心的體驗融入日常生活裡。參與者會在靜心的每個階段中聽到奧修的開示。那段期間的靜心，都重現在本書的內文中。

前言——

真知的禪杖

閱讀轉印成文字的奧修演講，有如閱讀交響樂的總譜一樣，根本是在想像一場音樂公演。這些文字是禪的精髓——「若能深入那最精髓處……天際將整個迸發。」

活生生的禪瀰漫在每一夜，演說是其中一部分，以歡唱、歌舞以及充滿愛的歡迎揭幕；爾後以靜心落幕——先以令人捧腹的笑話瓦解我們的頭腦，再帶我們這「十萬尊佛」融入深邃、寧靜的大海。

禪師的公案是這些演說的基礎。這裡的禪以南泉、石霜加上門徒的問題爲素材。「每個人都覺得這像個謎，其實不然，這是一種暗示，指出那無法道破的……但是禪不把話說完，而是保留一切可能，只給你暗示。那是在考驗發問者，看他有沒有聰明才智去完成。」透過這些公案，奧修一句一句、不厭其煩地引領著我們，「這則公案看似簡單、其實不然。」

他稱之爲「靈性的轉折」，是因爲他深愛南泉勇於變革的作風，尤其是堅持靈性不必與物質分開的態度。

「我因為這種天地不二的領悟而深愛南泉……他開啓了一道新門徑，彰顯了凡聖只是看法不同、實則不二。不必以折磨身體的方式淨化靈魂，他們可以在神性中共舞……我要天地合一，唯有合一才是完整的，唯有合一才是喜悅、圓滿的。」

這一連串的演說不僅流露著對這位激進的革命份子的愛，奧修也藉許多機會揭發了社會、傳統、歷史各種癱瘓與奴役我們的手段，我們必須不斷地掙脫這些既有的模式，在一舉一動、無盡的天際中去感受眞實的自己。他又一次嘲笑人類愚蠢的道德、盲目的偏見，以他那支風趣又富眞知的禪杖敲醒我們。

「靈性的轉折」是一根針最細的部分。「因爲唯有透過當下的這根針，你才能領略到某些超越的東西。」演說裡更論及諸神博物館——這所人類所崇拜的動物園——還有奧修被下毒的身體、無法與我們共舞的種種。這些既輕鬆又充滿熱情，一點也不嚴肅，以及：「師父也會……互相戲弄，但這些遊戲總在暗示永恆的和終極的。」

這些文字敞開了大門，但有人知道那是什麼嗎？知道的人還在嗎？

「這三十五年以來，我早就不在了。」——這股聲音輕柔又有力地縈繞著無數靜默的找尋者。他們的頭腦就在那兒被取笑、挑釁、震撼與消遣，但是心卻與奧修的在，與他每一個極爲優雅的姿態共舞。他們最深處的存在被輕敲、擾動、激勵，有如破殼而出的種子、曼妙地伸向太陽的嫩芽。不過，任何企圖解釋這所奧祕學院的想法必然是一套自圓其說的虛構。

——史瓦米・阿南德・羅賓（Swami Anand Robin）

第一章

天地不二

只有佛陀不完整，
只有左巴也不完整；
唯有兩者合一才是完整的；
凡聖只是看法不同、實則不二。

鍾愛的師父：

有一天，南泉禪院的全體僧侶都在準備隔天的大事──馬祖禪師的忌日。

南泉對眾弟子說：「明天我們將齋祭馬祖大師，你們覺得他會出現嗎？」

大眾無言以對，這時眾人中有個叫洞山（Tozan；譯注：洞山良价禪師，西元八〇七～八六九年）的雲遊僧往前站了出來，說：「等到有伴的時候他就來。」

南泉論道：「此人雖年輕，但尚堪調教。」

洞山回答：「和尚可別將好人錯當無賴漢。」

（原文：泉問衆曰：「來日設馬祖齋，未審馬祖還來否？」衆皆無對。師（洞山）出對曰：「待有伴即來。」泉曰：「此子雖後生，甚堪雕琢。」師曰：「和尚莫壓良為賤。」──節自《五燈會元》卷十三）

瑪尼莎（Maneesha；譯注：奧修門徒，常於奧修演說時擔任代理的發問者、主題的朗讀者），禪宗漫長的歷史有幾座里程碑，摩訶迦葉是首座里程碑，但人們對他所知不多──佛教的經典中只提過他一次，他被視為佛陀最偉大的弟子。

摩訶迦葉靜默了二十年，其間沒問過半個問題，只是坐在喬達摩佛的身邊，連喬達摩佛都好奇著：「這個奇怪的人——連聲招呼都不打；有好幾千名僧侶都帶著問題、困難來到這裡，但這個人似乎毫無問題。」然而就在全然的寧靜中，什麼都發生了。

若非莫大的勇氣，靜默二十年是不可能的，摩訶迦葉連師父也不聞不問，只是等待：「只要時機成熟，師父就會傳遞真理。」果真發生了，而且非常不可思議。

波斯匿王（Prasenjita）拿了一些非當季的花來供養佛陀，他的身邊伴隨了一位顯赫的哲學家——在此之前，波斯匿王一直以為這位哲學家會成為他的老師。

波斯匿王向佛陀介紹他的老師目林迦弗羅（Maulingaputta），他說：「感激您大駕光臨敝國，如果您的僧團有任何需要，務必告訴我。另外央請您：我的老師目林迦弗羅也來了，而且帶了五百朵花來供養您。他學問淵博、是個了不起的哲學家，精於論辯，請您不吝與他討論一些根本問題。」

喬達摩佛轉身對目林迦弗羅說：「我準備好了，你呢？」

目林迦弗羅不了解需要準備什麼。

喬達摩佛答：「我說的準備是，你能夠靜下來——全然寧靜。你的腦海能夠沒有半點思想嗎？」

他說：「我是個思想家，思想是我的生命，哲學是我的專長。據我所知，頭腦就是思考的過程，除此之外，你所謂的寧靜我完全不知。」

佛陀說：「你還沒準備好，所以和你對話會很奇怪。好像我在山頂對著在谷底的你叫著，然後你回答我——但你完全不了解我在說什麼。所以，我們必須先到達同樣的意識高度。」

這番話令他口服心服，連波斯匿王都說：「喬達摩佛是對的，但是該怎麼做呢？」

喬達摩佛說：「什麼都不必做，只要用兩年的時間，靜靜坐在我身旁。這裡會有很多人來來去去、問東問西——但你完全不必理會。你只要留神觀看，保持靜默、禁語兩年。」

這時，坐在樹下的摩訶迦葉開始歇斯底里、失態地笑了起來……這震驚了整個僧團——他們不曾聽他開過口。他完全不跟人講話，你可以對他說話，但是他絕對沒有反應，完全不在乎任何人。大家都當他是個怪胎，但現在怎麼回事？突然間，他莫名其妙地笑了，笑得如此曼妙，在無言以對的眾人間縈繞著。

目林迦弗羅問：「你的弟子怎麼笑了？」

佛陀說：「你可以親自去問他。」

摩訶迦葉對目林迦弗羅說：「我笑這個人很狡猾，我就是被他給耍了，而他又對你施以同樣的伎倆。現在他老了，所以才要你沈默兩年而已，但我已經沈默了二十年。如果你真有問題要問，趁現在問，兩年後就太晚了。」

這是有關摩訶迦葉唯一的記載。

當波斯匿王獻出花朵，佛陀便將摩訶迦葉喚來，把花交給他，然後說：「能夠說的，我都對你們說了；無法說的，只能以寧靜傳遞的，我都給了摩訶迦葉。」

就這樣，摩訶迦葉成了首位禪師，這是有關他唯一的記載。或許靜默始終是他的法門，一定有很多人坐在他身旁、什麼話也沒說，就悟道了。他是個靜默的師父，所以沒留下什麼記載。

其次的重大轉折——雖然之前還有許多師父——但第二個重大轉折是菩提達摩，他甚至比摩訶迦葉更奇特，是禪宗的第六代祖師。

在菩提達摩之後，南泉又是另一個全新的轉折，他為禪門開啓了更寬廣的多樣性，為禪帶來更豐富的面向。此後的禪就不再是一條細流，而是一片大海。

現在，我們要進入南泉的一系列公案，先對他的生平稍加介紹：南泉生於西元七四八年的中國北方，少年時就開始研習靜心。三十歲正式剃度為僧，參訪各大著名道場。在江西遇到馬祖之後，很快就成為馬祖最重要的弟子之一。

我們已經談論過馬祖（Ma Tzu；譯注：西元七〇九～七八八年，中國唐代禪僧）。如此深具慧眼的南泉，馬上成為重要弟子是理所當然的……因為馬祖絕不會遲疑。當他抵達馬祖的道場，一見到馬祖就拜倒在他的腳下。

這種尊敬、這種愛並非一廂情願的，馬祖也對南泉展現了無比的愛與尊敬。他們在洞察彼此的同時出現了某種連結，馬祖領會了南泉那股堅定與熱忱的探尋，南泉也了解：「就是這個人！如果追隨他而無法達成，那還有其他可能嗎？」

門徒與師父就是如此相遇的，這不是一種表面的形式，而是一種本質的、直覺的、即刻的（immediate）狀況。你必須了解何謂「即刻的」。南泉成為馬祖的親近弟子並沒有什麼理由，有形的原因是不存在的，沒有什麼促使他成為馬祖的弟子——所以才稱為「即刻的」，沒有原因、毫無道理，絕對超乎頭腦的理解……但在心對心的時候，事情便能顯現。他們沉浸在深深的愛、崇高的愛中。

南泉悟道後離開了馬祖的道場。

這就是我稱這個系列為「靈性的轉折」的原因。

馬祖有他的一套法門：他將菩提達摩的方法發展至登峰造極，南泉敬愛著馬祖，但不打算成為他的繼承者。如果他留下來，馬祖的繼承者非他莫屬。為了避免尷尬——因為他的取向非常不同——所以最好在師父做決定交棒給他前就離開，不然就很難脫身了。

南泉已經圓滿悟道……當你追隨一位師父而悟道，你還能去哪兒？你再也找不到這份愛、這樣的庇蔭，根本不需要再到別處去，這是通常的做法。

現在，你可以了解來自一位師父崇高的謳歌，那永垂不朽的無形樂章。

然而他離開馬祖的道場是因為，如果現在不離去，以後就沒有機會了，一旦馬祖宣布：「你是我的繼承者。」他就無法拒絕。

他想為禪注入更多新的東西，雖然有時這些東西可能違背馬祖的教誨，有時可能是完全陌生的，彷佛會令人認為他背叛了自己的師父。與其背叛，乾脆就在五十歲時離開道場。

後來，南泉建立了自己的禪院，吸引了數千名門徒。

瑪尼莎為我們帶來這段經文：

有一天，南泉禪院的全體僧侶都在準備隔天的大事——馬祖禪師的忌日。

南泉對眾弟子說：「明天我們將齋祭馬祖大師，你們覺得他會出現嗎？」

在進一步討論之前，有必要先交待一件事——馬祖主張素食，他的道場嚴禁非素食，這令我追溯到喬達摩佛的情況。

喬達摩佛是素食者、完全的素食者，他的追隨者也全是素食者。某方面而言這是一樁革命，因為人類肉食的歷史已延續了數百萬年，照佛陀所說，若非素食，他會一直像個野蠻人。殺戮會毀了自己成長的可能，所以有必要敬重生命；敬畏生命能幫助意識的成長，他是完全正確的。

但卻出現一樁奇怪的插曲，這顯示了人類的頭腦總是得寸進尺，連喬達摩佛這樣的師父都拿它沒辦法。

他明白地對大家表示：「無論托缽得到何種食物，都要心存感激地接受。」

人們都曉得他們是素食者，所以準備的也是素食。

「但無論缽裡得到何種食物，你都要心懷愛與尊敬食用。」

某天，有名和尚一臉難色地說：「我碰到一個難題，有隻烏兒啣著一塊肉放進我的缽裡，當時我正從城裡托缽回來，坐在樹下準備用餐。」僧侶們都聚集在花園裡——「問題來了，如果我把那塊肉扔了，我就違背您『無論得到何種食物都要心懷愛與尊敬食用』的教誨；但我若吃了，我就違背您『堅守素食』的教誨。現在如何是好？」

整個僧團也都覺得進退兩難，說：「佛陀會怎麼解決呢？」

佛陀說：「我若說『扔掉』，那會成為眾人的通則，人們會開始挑三揀四：說這比較好、比較美味，他們會挑食、然後把吃剩的扔了。全國都在供養僧侶，但此舉會讓人們唾棄供養僧侶的行為。人們辛苦掙得的糧食竟被你扔掉，所以我不能叫你把鉢裡的食物扔掉。」

「但再度遇到這種情形的機會很低，可能幾百年才發生一次，因為這種極其特殊的例子而吃到肉是無妨的。」

於是佛陀說：「無論得到何種食物，都要心懷愛與尊敬食用。」

但人們的頭腦卻拿這個來鑽漏洞，說：「佛陀並不反對吃肉，只是要你別殺生，他反對的是殺生。所以如果有人給你肉、供養你肉，你就要恭敬地接受。」

因此，現在所有中國和日本的佛教徒都不是素食者，沒半個佛教徒是素食者。所有的菜市場都標明他們的肉品不是宰殺來的——說那是動物自然死亡的肉。

但這些肉類很多都不是因為自然死亡而來的。事實上，你絕對看不到動物死亡的過程，你親眼見過牛或烏鴉死亡嗎？或許偶爾讓你看到誤觸高壓電線而電死的動物……不然動物會在死亡前就不知去向；瀕死的動物會進入森林、消失在深山中，找個安息地等死。

這附近有一座位於森林深處的野鹿國家公園，裡頭有數千頭鹿，我從前經常去那裡。整座公園裡只有一間小木屋，還有一個大湖，夜裡會有數以千計的鹿來飲水，在夜裡，牠們的眼睛就像閃亮的星星，你會見到一排排的星星在湖邊行進、映現在湖面上，那是我見過最美的景象。

因此我問木屋的管理員：「你親眼見過野鹿死亡嗎？」

他說：「我遇過無數遊客，沒有人這麼問過。沒有，我從沒見過。」

我繼續問：「你沒想過牠們究竟是在哪兒消失的嗎？」

他說：「我從沒想過這個問題。」

從中國到韓國、臺灣、緬甸、日本——所有佛教國家的動物似乎很高興：因為牠們是非人為的自然死亡才成為人類的盤中飧，但沒有半個佛教僧侶想過：「這根本是無稽、不可能的，一定要獵殺動物才可能吃到肉。」

所以馬祖勢必與佛陀的作法一致。

因此，當道場上下正準備齋祭馬祖的前夕，他對弟子們說——而且是很犀利的說：「明天我們將齋祭馬祖大師，你們覺得他會出現嗎？」

大眾無言以對，這時眾人中有個叫洞山的雲遊僧往前站了出來，說：

「等到有伴的時候他就來。」

南泉論道：「此人雖年輕，但尚堪調教。」

洞山回答：「和尚可別將好人錯當無賴漢。」

洞山後來也成了偉大的師父。他說馬祖會來——但不會單獨一個人來。他指出馬祖的一個習慣：馬祖總是與悟道的弟子一同出遊，因為他的教法太奇怪了，嚇壞了許多人。

所以他會將入門者先送到已經悟道的同門那邊，讓他們先討論，先知道種種可能的情況，也讓他們知道：「想與馬祖交流一定要先準備好——因為一切都可能發生。他可能會打你，撲到你身上、坐在你的胸口說：『懂了沒有？』」

我們不能說他那套獨特的方式是錯的，因為有數百名弟子透過他悟道。所以什麼手段不是重點，因為結果是那麼偉大。

一個師父對人類心理的驚人洞見，是無法透過分析而了解的。新來的弟子萬萬沒想到師父會撲到他身上，他是來問：「真理是什麼？」得到的回答竟是師父不分青紅皂白地撲過來，坐在他的胸前、手上還拿著棒子。很顯然地，他的一切思緒都在剎那間停止了，這種情境你還能思考嗎？有一個片刻，頭腦會徹底、赫然停止。

馬祖是極其慈悲的，這種頭腦的停止需要好幾年的時間才辦得到——但他在頃刻間就辦到了，不過這種法門使他變得很怪誕。有人因此體悟了寧靜，也有很多人因而悟道。

有一次，一名和尚才剛入門的瞬間——當他一隻腳在門裡、另一隻腳還在門外的當兒——馬祖竟猛然將門關上，那和尚被夾在當中痛得大叫，此刻馬祖問他：「懂了沒？」但他連話都還沒說，甚至還沒走進道場。

然而奇怪的是，這些人真的懂了——而且不再問任何問題。

有一次，馬祖將一個人扔出窗外，然後奪窗而出、撲到他身上，問他……這個人已經骨折，但馬祖根本不在乎，馬祖說：「不要管骨折！先告訴我——懂了沒？」

據說那個人喘著氣說：「是的，我懂了。」

所以始終有同門對入門者解釋：「如果想要馬祖對你下工夫，你就要徹底準備好——因為沒人知道會發生什麼事。他是個無法預料的師父。」

年輕的洞山並非南泉的弟子，他只是剛好雲遊到此……這有必要了解：

中國、日本以及其他佛教國家的和尚，會不斷地從一座道場遊歷到另一座道場，直到遇見能與自己有相同悸動的地方為止。每一座道場都帶著敬意接納這些雲遊僧，他們會待上幾天，如果沒什麼發生就心懷感激地離去：「感謝您讓我們掛單。」

年輕的洞山並非南泉禪院裡的長住和尚。

他往前站出來，說：「等到有伴的時候他就來。」

他會來的，但這另有含意。有這麼多弟子在緬懷你，他怎能不來？只有一個問題：找不到同伴就很難要他來。不過他一定會找到同伴——史上有那麼多悟道者，像馬祖這樣的人只要說：「跟我來！」他們一定會跟著來。

但南泉的弟子卻無言以對，錯過了箇中要旨。

這顯示南泉的心是那麼優美，儘管他不是馬祖的繼承者，但他也是在馬祖的門下悟道的。

「明天我們將齋祭馬祖大師，你們覺得他會出現嗎？」

悟道者總會駕臨的，這種情形已經數不勝數，唯一的條件是滿心敬愛的邀請。

這就是南泉要表達的：「我們虔敬地邀請馬祖，也承諾他……」因為南泉偏離了素食的原則，他准許非素食者進入他的禪院，他認為若全人類都吃素——可能與否還有待商榷——那或許會有食物短缺的情形。幾乎百分之九十九的人是非素食者，所以你打哪兒去找那麼多素食？

他的動機很切合實際、實事求是。他說：「不要只因素食與否就阻礙人們靈性的成長。沒錯，素食比較容易進入靜心，但那是他們自己的問題。肉食比較難達到意識的上乘境界，但並非不可能。」

非素食悟道者的途徑比較難行，而世界的現況也無法提供所有人素食。所以他說：「我們邀請悟道的馬祖、不受身體囿限的靈魂駕臨，而且保證以素齋供養。你們覺得他會出現嗎？我想他一定會來。」

悟道者已然擺脫肉體的束縛，像飄在天邊的白雲，完全不著於塵世，也沒有任何目標。就因能來去自如、隨心所欲——存在帶他到哪裡，他就到哪裡。如果心懷敬愛、祈禱，進入深深的靜心狀態，那就是對他的邀請，或許你看不見他，但你能感受到他的在——尤其是領悟了他的在的人。

如果他來了，南泉會感受到，他認得馬祖的芬芳、知道他的特質，知道他出現時的氛圍。

南泉問了一個很美的問題，但沒有弟子了解其中的奧妙。而命運注定洞山必將悟道，所以展現出深刻的領悟。他說：「等到有伴的時候他就來，我了解他，他不會獨自來的——那不是他的作風。如果他來，其他悟道者也會一起來。」

看到他這番領悟，南泉論道：「此人雖年輕，但尚堪調教。」

因為這種附帶的條件，所以南泉不甚欣賞他的回答，南泉不認為馬祖還是按照舊習慣、帶著一群同伴出席。

他不是來此教導大家，因此何必等其他同伴？他人隨同是唯恐人們誤解之故。現在他是客人，沒必要等其他人隨同出現。

這就是南泉不甚讚賞洞山的緣故，儘管洞山有那麼一些領悟。

因此他說：

「此人雖年輕，但尚堪調教。」

洞山回答：「和尚可別將好人錯當無賴漢。」

洞山被觸怒了，他一定以為自己會被賞識。

但我同意南泉……雖然洞山的了解有些許真理，但「等到有伴」一說毀了他的領悟。所以南泉才說：「此人雖年輕，但尚堪調教。」

但洞山覺得受辱，原本以為會受到賞識，因為大家都答不出來，而只是過客的他又說馬祖會來。他展現了一番深刻的領悟，但南泉並不欣賞，頂多是說他還算可造之材。

洞山回答：「和尚可別將好人錯當無賴漢。」

此舉毀了他的小小洞見——「等到有伴的時候他就來」。沒必要覺得受師父侮辱，很簡單，或許那是你應得的，師父根本沒興趣貶低任何人，那能給他什麼嗎？師父不能太過褒獎，因為那會不必要地增強你的自我，反倒變成你的阻礙。

洞山沒有了解這一點。

如果你了解我們並非為研究而研究，那麼這則短篇便帶來很大的幫助。

我們走在靜心的道途上，往相同的方向前進，所以要注意道上的各種現象：因為某些偏見而懷恨師父，但師父會打你巴掌是出於慈悲和愛，因為打你並不會給他任何喜悅。

正確地了解這些公案將有助於你的提升，幫助你歸於中心。

石霜禪師（Sekiso）有一首詩：

凡聖本一家。
偉大的師父以慈悲的雙手，
首次為我打開殿堂之門。
別問我有哪些人、有多少人在殿堂裡，
殿堂的磚瓦和樑椽囊括了所有的天界與凡間。

石霜有清晰無比的洞見。他是說，凡聖——物質和精神——本來一家。偉大的師父以慈悲的雙手，首次為我打開殿堂之門。

「凡聖本一家」這句陳述是個啓始，敞開了新的大門，因為所有的師父總是譴責物質、世俗，頌揚神聖、精神，他們始終在區隔左巴和佛陀。按他們的了解，左巴必須被摧毀——如此才能誕生佛。所有宗教都是這麼來的。

南泉開啓了全新的門徑：凡聖本一家。

石霜是南泉的弟子。偉大的師父以慈悲的雙手，首次為我打開殿堂之門。別問我有哪些人、多少人在殿堂裡……

那無關緊要，別問我有多少人走進那道門，重點是南泉已經打開那凡聖不二的大門，已無分別的必要。

這徹底轉變了過去。

別問我有哪些人、有多少人在殿堂裡，殿堂的磚瓦和樑椽包含了所有的天界與凡間。

對一個與南泉有相同境界，同樣活在這個殿堂中的人而言，殿堂的磚瓦和樑椽也成了某種神性、神聖的事物，但這種神聖並不反對俗世。南泉將天地融為一體。

我因為這種天地不二的領悟而深愛南泉，天地、凡聖都該被享有。

瑪尼莎問：「鍾愛的師父，您為何稱南泉的系列為『靈性的轉折』？」

因為他開啓了一道新門徑，彰顯了凡聖只是看法不同、實則不二。不必以折磨身體的方式淨化靈魂，他們可以在神性中共舞。除非靈性能轉化身體，否則不配稱為靈性。

沒必要毀掉左巴，只要轉化左巴，左巴就是佛陀，是佛陀的種子。不必毀掉種子，只要為它找到合適的氣候與土壤，等季節一到，雨水一來，你的種子就會萌芽。種子與花朵並非兩件事——種子裡潛藏著花朵，花朵是種子的綻放。

因此，瑪尼莎，我稱南泉的系列為：靈性的轉折。南泉是過去靈性狀態的一大轉折，他容攝了凡聖不二，凡聖一體，主張二者是同一個實體的兩個面向。

你可以了解我有多愛南泉，因為南泉終始被遺忘，連他的繼承者也遺忘了他，再次將舊有的分別帶入教誨：「這是物質的、俗世的，無關靈性。」連南泉的後人都違反了他的成果，沒有人提到這個大轉折。

我必然會重視這個大轉折，因為這也是我的領悟，我要天地合一，唯有合一才是完整的，唯有合一才是喜悅、圓滿的。只有佛陀不完整，只有左巴也不完整，除非兩者合一，否則永遠是不完整的。

我要我的門徒成為完整的人，沒有任何排斥，而是轉化一切，將一切囊括到靈性的成長中。

現在來點嚴肅的……

一個美好的夏日週末，查布里斯基決定來一場裸體日光浴，這是他生平頭一次的嘗試。他在公寓的樓頂進行，不過竟把時間給忘了。五個小時後的他曬得跟炸洋芋一樣，尤其是那話兒。

稍晚，查布里斯基和他的新女友凱倫•卡洛斯基上了床，但他覺得很痛。於是起身，躡手躡腳地跑到廚房，把整罐冰牛奶往那話兒澆，同時把整根紅的像龍蝦的那話兒浸到裡頭，如此冰鎮之下，查布里斯基才鬆了口氣。但此刻凱倫突然出現在廚房門口。

「天啊！」她喘著說，「原來你們這些傢伙就是這樣裝『牛奶』的。」

＊　＊　＊

下午茶時間，魔王路西弗（Lucifer）正以永不熄滅的地獄之火，靜靜地烤著他的麵包。這時地獄的入口傳來一聲巨響。

魔王趕緊趨前一看，見到一輛加長型銀色勞斯萊斯從熊熊烈火中衝進來。車頭有名年輕女孩愉快地尖叫著，後車廂上還站著一名包著頭巾的大漢，震耳欲聾地狂笑著。而且車後還緊跟著一長串歡唱的人群。

這群新來的人很快就把地獄當成自己的家，這時魔王見情況不對，趕緊聯絡上帝，要他前來整頓秩序。上帝到了之後頓時大吃一驚。

「這些被詛咒的人，還有永不滅的地獄之火是怎麼了？」上帝問說，「這與我們在人間刊登的廣告不符！」

「我知道，這太可怕了！」路西弗倒抽了一口冷氣說，「自從奧修開著車、帶著他的桑雅士來了之後，整個地獄就像開了冷氣一樣！」

* * *

西班牙國王卡羅、荷蘭王子伯納德、英國王子菲利普一起坐在酒吧裡小酌，大夥兒有了酒意後便開始吹噓誰的傢伙比較長。

人群開始圍觀，卡羅國王將自己的傢伙攤在桌上，有六吋長！每個人都報以掌聲！然後唱起西班牙國歌。

接著伯納德王子秀出他的傢伙，有八吋長！群眾開始尖叫、嘶吼，然後唱起荷蘭國歌！

最後菲利普王子脫下褲子，將傢伙擺在桌上，竟然有十二吋長！此刻人群倒吸了一口氣，隨即唱起：「上帝啊！請拯救王妃！」

尼維達諾……

鼓聲

亂語

尼維達諾……

靜下來，閉上眼睛，感覺身體完全靜止。
現在往內看，凝聚你的意識、直指你存在的核心。
這個核心是永恆的大門，這個核心超越了死亡。
深入祂，這是你的佛，要無時無刻活出祂。
我不喜歡和尚，
我要你隨時隨地、一舉一動都有佛的存在。
我要這個世界處處是佛，
那是唯一化塵世為天堂的方法。
讓祂愈來愈明白，尼維達諾……

放鬆，
只要成為身體、頭腦的觀照，
讓莫大的寧靜瀰漫你……
此刻誰在乎什麼是神聖的？
此刻一切都是神聖的，
萬有都是永恆的寶藏：
一切都是真、善、美。
緊抱著你的佛，把祂找回來，

要無時無刻將祂活出來。
今夜固然有她的美，但也因你而成為
燦爛、莊嚴、奧祕、神奇不已的一夜。
將這份神奇帶在身上。

三

回來，但像個佛一樣，
寧靜、從容地回來。
稍坐片刻，記住你曾有的境界、
你到過的聖殿、通往聖殿的路，
以及同一條回來的路。
慢慢地，這條路會一覽無遺，
屆時佛性將不是問題，而是你的親身體驗。

這樣可以嗎？瑪尼莎。

是的，鍾愛的師父。

我們可以慶祝歡聚於此的一萬尊佛嗎？

是的，鍾愛的師父。

第二章

不著空無

曾以為空無對靜心就夠了，
但空無只是開端；
當空無破碎的那一刻，
你就超越了空無。

鍾愛的師父：

有一名和尚問南泉：「祖師間的傳承究竟在傳些什麼？」

南泉說：「一二三四五。」

那和尚又問：「古人究竟有些什麼？」

南泉說：「等有的時候再告訴你。」

那和尚半信半疑地說：「師父為何說謊？」

南泉回答：「我沒說謊，是慧能說謊。」

（原文——問：「祖祖相傳，合傳何事？」師曰：「一二三四五。」問：「如何是古人底？」師曰：「待有即道。」曰：「和尚為甚麼妄語？」師曰：「我不妄語，盧行者卻妄語。」——節自《五燈會元》卷三）

另一則公案，有一名和尚問南泉：「天上有寶物，要怎麼取？」

南泉說：「砍竹搭梯子，在空中架梯子取！」

那和尚問：「把梯子架在空中？這怎麼可能？」

南泉說：「你怎能懷疑自己取不到寶物？」

（原文——問：「空中有一珠，如何取得？」師曰：「斫竹布梯空中取。」曰：「空中如何布梯？」師曰：「汝擬作麼生取？」僧辭。——節自《五燈會元》卷三）

瑪尼莎，要適切地比較兩名神祕家是很難的，但有時他們也會有相同的表達、象徵及隱喻，這純屬巧合，因為他們也許根本不相識。瑪尼莎為我們帶來的例子正是如此：

有一名和尚問南泉：「祖師間的傳承究竟在傳些什麼？」

這個問題寓意深遠，而且幾乎無法回答。但知其不可為而為之就是師父的本質——就算不是月亮本身，但至少能看到月亮的影子。

南泉說：「一二三四五。」

這使我想起卡比兒。我不認為他們倆彼此認識，但卡比兒也給過相同、一模一樣的答案——也許每個人都覺得這像個謎，其實不然，這是一種暗示，指出那無法道破的。

這是一種空無的體驗。悟道發生的剎那就是一，此刻就只是光明，沒有別的；當你認出這光明之時，認定就形成了，此刻是二，此時你的認定是模糊的、尚未概念化的；當你將悟道概念化——說它是醒悟、佛性時便是三；當你向別人提起——那就是傳遞，當你傳達、傳播給別人時就是四；如果你所傳遞的那個人能夠了解，那就是五。

每一步都會使你離空無愈來愈遠，但這是無可奈何的，實相本來如此。當你了解他們所謂的一、二、三、四、五時，那就不再是謎團了。傳遞完成於第五個步驟。

那和尚又問：「古人究竟有些什麼？」

「古人」不是指古時候的人，「古人」是指那些抵達意識高峰的人，他們才是真正的古人，不是時代上的，而是意識上的古人。就時間而言他們是當代人，也許就坐在你身邊。就時代而言，你或許曾經與佛陀是同時代人，但一個成了佛的人不僅在時間上變老，成長、成熟而已，同時也超越了時間、抵達自古以來諸佛所達到的生命根源，那是同一個源頭，他已和古來的諸佛合一。

因此每當出現這些問題時，切記，「古人」不是指年紀大或古時候的人，而是指有偉大意識境界、屬於存在高峰之人，他們才是真正的古人。他們也許和你是同代人，但與你的層次迥然不同，所以無法說你們是同代人。

那和尚又問：「古人究竟有些什麼？」

南泉說：「等有的時候再告訴你。」

師父的意思是：那種體驗不可能被你占有，即使是古人也辦不到。當你達到那種體驗，你就被淹沒了，是祂占據你、不是你占有祂。你能看出箇中差異嗎？那種經驗遠比你浩瀚，你完全被吸收了。

師父說的對：「等有的時候再告訴你。」據我所知，祂是無法被占有的，反而是你要被祂占據。但是禪不把話說完，而是保留一切可能，只給你暗示。那是在考驗發問者，看他有沒有聰明才智去完成。

那和尚半信半疑地說：「師父為何說謊？」

他認為你明明就有卻又騙我。他錯過了要點，師父並沒有占有祂，而是祂占有師父；因為祂占有了師父，所以師父並不存在。存在能完全穿透這種純粹的空——因為他沒有絲毫阻礙，只有純然的接受。

南泉回答：「我沒說謊，是慧能說謊。」

慧能是他的祖師，他說：「你應該去找慧能，是他騙我說：『是的，真理能被占有。』但是當我到了那個點、那個懸崖的時候便栽入空無，發現事情完全不是那麼回事：而是我被祂占有了，我已經找不到自己在哪裡，你完全無法掌握這份澎湃的體驗，反倒是祂從四面八方把你掌握。

「我沒說謊，想聽謊言可以去找我的師父慧能，是他騙我的。」但這是一種非常尊敬的說法，「是因為他的謊言，我才來到這個被真理占據的點。如果他沒騙我，我根本無法前進半步。」

每一位師父都必須說謊，除了藉此說明真理，別無他法。必須施以某些手段，你才會動身走向真理。

這個故事我已提過多次：有個人家失火了，家裡有幾名年幼的小孩。群眾聚集在屋外對那些小孩說：「快出來，還有門窗可以逃出來，再過幾分鐘就無路可逃了。」但因為太危險，所以沒人敢進去營救，火勢愈來愈大。

然而，那些小孩非但聽不懂鄰居在嚷什麼，還樂在火海中，好像沒見過這種美景，高興地跳著舞，完全不解為何要逃走。

隨後，小孩的父親下工回來，眾人告訴他：「趕快，屋裡所有的出口都著火了，我們一直召喚你的小孩逃生，但很奇怪，他們竟然在跳舞、唱歌、玩耍，享受美妙的火海。」

現在已經沒路、也沒時間進去救人了。父親叫著：「孩子們，你們要我買的玩具，全替你們帶回來了！」

眼看僅剩的一扇窗就要被火吞噬，但他們隨即從那裡逃出來，說：「玩具在哪兒？」

父親說：「抱歉，今天我忘了買，但明天一定買。」

父親以謊言救了這些孩子，所以不能怪他說謊。

南泉不是怪他的師父，他是說師父太慈悲了、所以說謊。「我沒說謊，我只是說：『等有的時候。』如果有那麼一天，我就會告訴你。現在是它占有我，所以無法告訴你。」

那和尚半信半疑地說：「師父為何說謊？你知道，大家都知道你已經有了。」但這就是語言帶來的難題，他說：「你有它。」如果他說：「是它有你。」那局面就完全不同了。

南泉說：「我沒說謊。我只是直接講明事實。你問我有嗎？我真的沒有，如果以後有的話，我會告訴你。你以為我說謊，但我沒說謊，是我的師父慧能說謊；而我也因為他的謊言成了師父。你應該去找慧能算這筆帳。」

另一則公案，有一名和尚問南泉：「天上有寶物，要怎麼取？」

南泉說：「砍竹搭梯子，在空中架梯子取！」

那和尚問：「把梯子架在空中？這怎麼可能？」

南泉說：「你怎能懷疑自己取不到寶物？」

問題不在怎麼架梯子，問題在破除那個懷疑。寶物不在空中，寶物在你裡頭；天空只是投射的螢幕，就像湖面的映月。只是你裡頭的寶物竟被你投射在遙遠的天際。

「你問了愚蠢的問題，所以我給了愚蠢的答案。別問愚蠢的問題，那我就能告訴你真理。誰跟你說天上有寶物？你曾往內看嗎？如果有，你會訝異：整個美妙的存在映現著你的壯麗內在。當你往內看，任何外在能看到的——美麗的玫瑰、雄偉的星辰，都相形失色。屆時甚至無從分辨何者是映射，何者是真相。」

往內看，你就會發現真相——發現它的味道、存在與莊嚴——任何外在的都比不上，都只是映射。

要記住的是，在問師父問題之前，你應該盡可能深入自己的問題，要讓問題更明智、更有意義。唯有在問題成熟之際，問題不可能再去蕪存菁、無法再更明智時才提問。唯有明智的問題才能得到明智的回答，否則只會問得愚蠢、得到愚蠢的答案。

這也是師父的好意，他大可直說：「別問這種愚蠢的問題。」但他卻跟和尚說：「砍竹搭梯子，在空中架梯子取！」

有一點智慧的人都知道，愚蠢的答案必然出自愚蠢的問題。師父不想直接道破，而是間接點明問題的愚蠢。但發問者並不死心，他又繼續問下去。問題就出在這裡：蠢材長大後會更蠢，笨蛋年老後會變成大笨蛋——年紀大的笨蛋更危險，因為他們以為歲月等於智慧。

石霜有一首詩：
獨坐了六年，
還是像條竹中蛇，
沒有親屬，只有雪山的冰雪。
昨夜睹見虛空破碎，
搖醒了晨星，
並將她納入眼簾。

非常美的一首詩，他說，獨坐了六年，這是說他坐禪──相當於靜心──只是無事地坐著，獨坐了六年，還是像條竹中蛇……雖然這條蛇想抓些東西吃，但依舊動彈不得，彷彿死蛇一條。竹中蛇只能稍微移動，那麼即使眼前有小鳥、蝴蝶等獵物也無福消受，就像條死蛇，動不了。

還是像條竹中蛇，沒有親屬，只有雪山的冰雪。昨夜……經過了六年的坐禪，時機已經成熟，莫大的祝福終於在昨夜降臨了。

昨夜睹見虛空破碎，搖醒了晨星，並將她納入眼簾。他說的是內在的天空、內在的虛空頓時揭示了道。他堅持了六年，直到昨夜，連空無也破碎了。他曾以為空無對靜心就夠了，但空無只是開端。當空無破碎的那一刻，你就超越了空無。

昨夜睹見虛空破碎，搖醒了晨星……他說的是自己內在的本性，虛空破碎，搖醒了晨星，並將她納入眼簾。現在他將星辰納入自己眼底，那種清澈、光明、閃亮的瑰寶並不在天上，而是潛藏於內在的空無處，被你的思緒掩蓋了。頭腦阻擋了你的去路，但光明仍在那兒閃耀，只要稍微往內轉，你就能圓滿。

瑪尼莎問：「鍾愛的師父，您常說您不會有繼承者，難道那些愛您的人無法是您的繼承者？這樣我們不就可以將您深植心中，您不就與我們永在了嗎？」

瑪尼莎，繼承者的概念是官僚主義的產物，繼承者的概念完全違背了意識的世界，因此我宣稱沒有繼承者。但你說將我的愛和洞見深植於心是對的，但別用繼承者這個字眼，寧可說你會成為我。當你可以成為我，那何必成為遙遙相隔的繼承者？空掉自己，讓我在你裡頭打造屋宇，那麼你的空無便能吸收我的空無，你的心便能與我的心共舞。那不是繼承，那是傳遞。

繼承者其實是一種政治權術。繼承者是唯一的，所以一定會引發野心和競爭，為了靠近師父，門徒間就難免明爭暗鬥、相互排擠，或許表面上風平浪靜，實則暗潮洶湧，每個人都暗忖著：「誰會繼承師父？」

我要徹底破除繼承者的概念。任何愛著師父的門徒都能與師父合一，根本不用任何競爭，也不需要唯一的繼承者。人人都能浸淫在深深的感激中，就某種意義而言，他已和師父的在合一。根本不用競爭，任何人都能有相同的體驗，沒有人數的限制。

為了避免宗教上的政爭，我宣稱不會有繼承者。我要宗教徹底免於野心、競爭、尊卑、傲慢。

與我在一起的每一個人都是平等的。我信任、愛你們，你們必將親自證明，這種平等沒有競爭，只有同心協力。你們全帶著我的訊息，沒有尊卑的問題，沒有人是我的繼承者，每個人都是我的愛人，身上都有我。

我想起一件事：喉癌到了末期的拉瑪克里希那（Ramakrishna）連水都無法下嚥。門徒們說：「您何不在禱告中請神去除病苦？我們知道神一定會聽到您的祈禱。否則祈禱豈不都是假的。」

他們認為拉瑪克里希那是這樣的人，如果神對他的祈禱無動於衷，那就表示神不存在；如果他的祈禱不被回應，那世人也別想他們的祈禱會有所回應。所以門徒不斷懇求，但拉瑪克里希那說：「這好像不妥，但你們堅持，所以我就照辦了，但我不能對存在有任何要求。也許癌症是對的，否則為何發生在我身上？我不可能比存在更聰明吧！」

門徒抱著最後的希望向拉瑪克里希那的妻子莎達請求：「已經沒有人勸得動他了……除非你親自告訴他，而且態度一定要堅決！」

莎達照辦了，拉瑪克里希那說：「我知道他們一定會派你來，而且不曾拒絕你的我也無法拒絕你，你從沒跟我要過什麼，這是你今生唯一的要求，我就要快死了，怎能拒絕你？那我就試試看吧！」於是拉瑪克里希那闔上眼睛，但片刻後便睜開眼睛、笑了起來。

莎達說：「怎麼回事？你說了嗎？」

他說：「我說了，但得到的回答是：『你何必堅持自己的喉嚨？透過你的門徒的喉嚨喝水不就得了。何必這麼認同自己的身體？何不消失、融化到每一個愛人身上？』這就是我笑的原因，因為我知道這將是祂的回應。你的多此一舉使我在存在面前出了糗。」

門徒若愛著師父、信任師父，而且是真正的信任，那麼他便能自發地帶著師父的訊息，不需言語便能成為師父所要傳達的。

現在來點嚴肅的……

隆納・雷根的總統任期快結束了，為了向世人展現他的文化素養，他在華盛頓開了一間美術館。雷根邀請了波蘭的教宗、柴契爾夫人、戈巴契夫，這些人都是他的老朋友、狐群狗黨。雷根和他的導遊雷吉諾，這傢伙是個同性戀，負責為大夥兒介紹舉世聞名的大師與種種無價的畫作。

「啊！對了！」業餘的鑑賞家雷根說，「這幅是林布蘭的作品。」

「不對！」雷吉諾說，「這是達利的作品。」一行人怔了一下，深深地抽了一口氣，然後繼續前進。

「啊！這幅是，」雷根得意地說，「這是莫內畫的。」「不，」雷吉諾再次糾正他說，「這是梵谷的作品。」接下來的一幅畫使雷根佇足良久，眼睛眨也不眨地上下打量，然後抓一抓頭。

「嗯，我肯定這是畢卡索的作品。」他大聲地對眾人說。「又錯了，小雷根！」雷吉諾回說，「這是一面鏡子！」

＊　＊　＊

有一晚，胡圖一家人正要去看電影，沒有人想留在家裡照顧胡爺爺，於是就把他一起帶去了。

當劇情快到高潮時，全家人卻被這動來動去的老頭所干擾。

「爺爺！」伯里斯在他耳邊大聲地說，「坐好！」

「不行！」爺爺說，「我的太妃糖不見了。」

「坐下！」伯里斯嚴厲地說，「你那討厭的太妃糖擾亂了整個戲院，如果你坐好，我就再買一包給你。」

「我要的是『那一顆』太妃糖。」爺爺這麼說著。

「天啊！」伯里斯說，「那一顆太妃糖有什麼特別？」

「嗯，」爺爺說，「我的牙齒黏在上面！」

＊　＊　＊

波蘭教宗正在進行千萬美元的印度之旅，他去了加爾各答，前往德蕾莎修女的孤兒院訪問。當他正在對一大群印度的基督徒演講時，有名少年往臺上走去。

「聖父，」少年問，「請告訴我，如果你父母親都是猩猩的話，那你會是什麼？」

波蘭教宗勃然大怒，隨即強顏歡笑，然後冷冷地回答：「孩子，我當然會是隻猩猩。」

過沒多久，這少年又打斷了教宗的佈道，問：「聖父，你父母親如果是驢子，那你會是什麼？」

教宗倍覺尷尬、簡直快捉狂了——不過還是一副冷冷的樣子回答他說：「理所當然，孩子，」他緊繃著臉說，「我會是隻驢子。」

佈道結束之後，教宗又見到那小孩，於是忿忿地揪著他的衣領，氣急敗壞地說：「好，你這個自作聰明的小子，我問你！如果你父親是猩猩、母親是驢子，那你會是什麼？」

「很簡單啊！」那孩子回答，「當然是波蘭教宗！」

尼維達諾……

鼓聲

亂語

尼維達諾……

靜下來，閉上眼睛，感覺身體完全靜止。
現在，全然殷切地往內看，
彷彿此刻就是生命的盡頭。
盡可能深入，最後的終點就是你的生命源頭。

那並不遠，只要一些勇氣、進入未知的勇氣，
便能抵達生命的根源。
這個境界就是佛性。
這不是一種成就，而是發現；
佛性始終跟隨著你，那是你的本質，
要拋棄佛性是不可能的，
你只有兩種選擇：忽視或記起祂。
千百萬年以來，你一直忽視祂，
罪惡的原始意義就是忽視。
時候到了，你可以將你的目光、
你的存在狀態轉變成記起。
記起是唯一的美德，忽視是唯一的罪惡。
以全然的意識去看，你會發現自己就是佛。
讓祂愈來愈清晰……

放鬆，
就是看著，觀照身體與頭腦。
你不是身體、也不是頭腦，
你只是純粹的觀照。
你的佛性只是純粹的觀照而已——
一面明鏡——映現一切、不受任何影響。
今夜已經很美，但你使她更美、更難忘，
因為這個佛、因為觀照成了你整個生命風格，所以你創造了輝煌的此刻、生命的里程碑。
唯有覺察的火焰才能使你轉化，別無他法。
這是從無知到智慧、從黑暗到光明、
從必死到不朽、從時間到永恆的轉捩點。
這個絕美的片刻，
佛堂裡有的不是一萬個人，
而是單獨如大海般的意識，
每個人都融入其中、被祂充滿，
這是人一生中最偉大的事。
你若能在日常生活裡，在行動中，
在姿勢、言語、靜默中活出這種狀態，
你便到達喜馬拉雅山之巔的化境——
意識的喜馬拉雅山。

三

把佛喚回來，也許有人走過頭了。
靜靜地、從容地回來，
記住自己是佛，別忘記了。
當我見到一些人到了可以跳過佛的地步，
我就要喚他回來，否則就回不來了。
佛是這條路最後的里程碑，
那些超過佛的人便消失、與存在融為一體。
佛陀曾說過，成佛之後還有最後一步。
整個旅程只有兩步：第一步是從你到佛，
第二步是從佛到大海般的存在。
先全然學得第一步，
當那種狀態變成你無時無刻的存在，

屆時我就不會叫尼維達諾喚你回來；
屆時你就可以跳，但不是不成熟的。
成熟，然後跳會自行發生，
那不是努力，而是完全自發的。

這樣可以嗎？瑪尼莎。
是的，鍾愛的師父。
我們可以慶祝歡聚於此的一萬尊佛嗎？
是的，鍾愛的師父。

第三章

求道之心

如果你成佛的熱忱變得殷切，
潛藏在你裡頭的佛就會顯露。
若以無比的強度前往你的存在之源與核心，
你就會發現那個佛。

鍾愛的師父：

有一次，陸大夫對南泉說：「我家有塊石板，有時豎著、有時橫著，現在想雕成佛像，可能嗎？」

「是的，」南泉說，「有這個可能。」

「連石頭也可能嗎？」陸大夫反問。

「不可能！」南泉鄭重地說，「不可能！」

（原文：陸亙大夫問南泉：「弟子家中有一片石，也曾坐，也曾臥，擬鐫作佛，得麼？」云：「得。」陸曰：「莫不得麼？」云：「不得。」——節自《五燈會元》卷十九）

瑪尼莎，有必要說明一下：南泉最著名的弟子之一陸亙大夫（Rikuko Taifu）是宣州刺史（州長）。南泉駐足山林，三十年不曾出山，因為陸亙的再三敦請才下山傳授禪法，爾後南泉才廣為人知。

陸亙大夫曾請教南泉：有萬物同源這種說法，所以沒有對錯可言。此時南泉指著花園裡的牡丹說：「大夫，時下的人見到這些花就好像在夢裡看到的一樣。」

（原文：陸大夫向師道：「肇法師也甚奇怪，解道天地與我同根，萬物與我一體。」師指庭前牡丹花曰：「大夫！時人見此一株花如夢相似。」——節自《五燈會元》卷三）

陸大夫的陳述非常有意義。若萬物都來自同一個源頭，那就不可能有好壞、對錯、神魔可言。真相是：對源頭毫無所知的頭腦造就了所有的是非。我們的概念都是道德上的，那不是宗教的，不是出自對源頭的體驗。萬事萬物來自源頭、也消失在同一個源頭，就如波浪出現於大海、也消失於大海。要活出這種洞見需要很大的勇氣，需要一個沒有判斷的頭腦。但我們卻在是非對錯、到處都是判斷的環境下長大。

有名小孩在課堂上被問，「你叫什麼名字？」他說：「不行！」老師說：「不行？從沒聽過這種名字。」小孩說：「不管我想做什麼、想去哪裡，他們都說：『不行！』所以我想，這就是我的名字吧！」

這的確是每個人的遭遇。什麼是你的對錯標準？這標準又是誰給的？怎麼評定？怎麼判斷？我們所有的道德標準都是人為的，凡能利益社會的，就是道德的。

譬如說，自然的狀態下，男女的出生比是一百比八十四，到了適婚年齡時，雙方的數目會趨於一致，因為男孩的死亡率較高，女孩較能存活下來。

人們只會以肌肉來衡量強壯的程度，但還有其他方式。女人比較能抵禦疾病，她們比較少生病。在十六歲時，平均有百分之十六的男孩會夭折，十四歲時，男女的數目會趨於一致。由此可見，一夫一妻制是有利於社會的，否則會造成很大的困擾。一對一成了對的標準，然而理由是方便。

給你看一個明顯的對比：穆罕默德的時代，尤其是沙烏地阿拉伯，那裡的人們還很草莽，戰亂、殺戮頻仍，往來的商隊被搶奪，很多男人因而喪命。當時的沙烏地阿拉伯沒有其他生存手段，殺戮是唯一的路子，而且男人才會幹這一行，因此男人的死亡率比女人高。男女的懸殊比例——高達一比四——使社會極不安定，所以穆罕默德在可蘭經中，提出男人至少要娶四個妻子才算道德的概念。他自己就娶了九個太太，當然，因為他是領導者，又主張這項道德，所以要親自力行。

但這用在現代則愚蠢得很，因為那是為了因應當時的需求才形成的標準。現在情境已然不同，但回教徒還是一意孤行……即使在印度，回教徒也硬要政府立憲規定他們能娶四個太太。

這是愚不可及的！現在回教徒的男女比率已經相等，所以你要男人上哪兒找四個女人？所以使男人有機可趁、可以去搶別人的女人。印度教與耆那教的生活很嚴謹，如果他們的女人曾在回教徒的家裡徹夜不歸，那麼無論是丈夫、子女還是她的雙親，任何人都有權將她逐出家門，整個社會也會排斥她，使她孤立無援，逼得她不得不回去投靠回教徒。

現在這種基於方便的看法已經成了一樁罪惡，助長了許多惡行。每一種道德判斷都是為了便利社會運作，根本毫無價值。如果深究人性，你會發現男人、女人都不是一夫一妻制，兩者都是多夫多妻制，而且完全是天生的。

如果把天性考慮進來，我們必然能創造出更有彈性的社會，人們偶爾能在週末聚會時，與朋友交換自己的丈夫或妻子，這將使社會更快樂、滿足、豐富。

但這違背了一切既存的道德觀念。很明顯的，所有人都不停地被灌輸同一套東西，那是不自然的，與人性一點關係也沒有。某人的妻子是那麼美……也許在世人眼中是那麼美，但瞧瞧她可憐的丈夫！你認為他能持續感受她的美多久？也許蜜月後就平凡無奇、理所當然了，想保持同等的愛意變得日益困難。

丈夫厭倦了妻子，無論她有多美；妻子也厭倦了丈夫，無論他是否多麼了不得。這種厭倦表現在日常生活的一舉一動中，這種厭倦左右了他們的所有行動，有如牢獄生活。如果他們交換伴侶，社會將同聲譴責，他們會蒙羞、丟了工作，被放逐；所以才緊握對方不放，因此造成彼此無盡的痛苦。

我不認為這種道德有什麼洞見，理由很普通：方便而已。我知道男人若不斷地更換妻子將引起多大的不便，小孩將不知道誰是父親、誰是叔叔，但這有什麼問題？其實這是小孩認識許多父親及許多母親的大好機會，能為自己的生命做好準備。西元兩千年之後，人類社會若還能存續下去，那麼男女關係將出現很大的革命，是非的觀念會徹底改變。

陸大夫問了一個很基本的問題：如果事出同源，那該怎麼分辯對錯？由每一刻毫無成見、沒有先入為主的想法來判定。我反對道德的理由很簡單，因為它給你成見、膚淺的成見，違背它就立刻判為錯誤，反之就判為正確。

這曾經發生在道家始祖老子身上，當時皇帝任命他為最高法庭的法官。他對皇帝說：「你搞錯了，我不適任這項職務，這麼做你會後悔的。」

皇帝知道他是當時最富智慧的人，這是真的，沒人懷疑過這一點。皇帝說：「怎麼會呢？你是最有智慧的人。」

老子說：「問題正出在這裡，我的判決將來自我的智慧，所以絕對與你們不一致。」

但皇帝固執得很，他說：「咱們等著瞧。」

然後來了第一樁案件：一名小偷當場被逮補，他偷了當地首富的豪宅。老子聽了整個事件經過。小偷坦承說：「在您面前我說不了謊，換作別的法官就另當別論了。我向來尊敬、敬愛著您，所以也不用什麼證人了。我是個慣竊，偷他們家已經不只一次了，但這次才被逮到。不過您怎麼判，我完全沒有怨言。」

老子等了頃刻，然後說：「你們倆，小偷和遭竊者都有罪。」

「都有罪？」那富豪說，「你還有理智嗎？」

老子說：「你搜括那麼多錢財，全城幾乎有一半的財富都掌握在你手中，其他人民則要共分另外一半，貧富過度懸殊促使了偷竊的可能，他是個受害者，其實你才有罪。但我會公平對待：兩人都要坐牢六個月。」

富豪驚呼：「天啊！從沒聽遭竊還要坐牢這種事！」他說，「我會先稟報皇上！連皇上都欠我錢，我一直都在資助他。」

他向皇帝陳情：「我是來提醒你：你也快要坐牢了！如果他繼續當最高法官，不久就要輪到你坐牢了。對他而言，我們這些人犯的罪還算小，你將是最重大的罪犯。」

皇帝說：「也許他說的對，我會後悔。別擔心，我立刻就解除他的職務。」

皇帝召見老子說：「這件案子判得太奇怪了。」

老子說：「不，假使人民與天地和睦地活著，假使人與人慈悲相待，如果彼此有一定的手足情誼，那麼人間怎麼會有貧富之別呢？應該沒有。但實則不然。」就那個時代而言，這絕對是可以達成的，每個人確實能活得很舒服。

在老子的時代，印度只有兩百萬的人口，但現已增至九億。世紀末，若人類還能存續下來——但希望不大——印度的人口將多達十億。印度將首度成為人口最多的第一大國；目前中國排名第一，印度第二。印度會在十年內超越過中國。

那個人口只有兩百萬的時代，大自然能充分供養世人，不可能有貧富差距，世人能順遂、舒適地享用事物；但事與願違，無論是印度、中國或其他地方皆然。到現代就更不可能了。

但老子說的對：「一個人搜括了那麼多錢財，使千千萬萬人吃不飽——他們既沒田宅，也沒工作、又吃不飽……你叫他們怎麼辦？所以他們該不該行竊？他們行竊無罪、這個富豪才有罪。積聚這些錢財有何意義？那些只是人民的血肉。你應該很高興我只判你坐牢六個月。要是公正嚴明的話，我會判小偷六個月，判你無期徒刑！這才叫起碼的公正。」

皇帝聽了之後說：「我了解了，你走吧！你說的沒錯，我後悔了，你確實是個危險人物。」

皇帝的方便，既得利益者、有錢人、富豪的方便才是問題根源，凡符合他們利益的就是對的，任何違背他們利益的就是錯的。

那些剝削人的階級、壓迫者決定了所有的道德規範，但這些左右道德要素的人才是社會的罪惡淵藪。

克里希那有一萬六千名太太，沒有半個印度教徒對此有異議，他依然是人們心目中完美的神之化身，其他的化身都不完美，他才是唯一完美的化身。但沒人想過此人只娶了一名太太，其餘的都是他從別處奪來的，只要看到任何漂亮的女人，他的士兵就會帶她進宮，這些女人有丈夫、有小孩、有年邁的父母，或者有年邁的公婆——但他們才不在乎。你可以想像克里希那一定是個性慾狂：你要怎麼應付一萬六千個太太？短短一生裡要面對一萬六千個女人！這不是把女人當牛看嗎？你甚至連她們的名字都不知道，可能有很多人連見都沒見過。

但就是這些人要替社會定標準。對社會而言，一夫一妻是規定，但克里希那則高於規定，因為他是神的化身。壓迫階級不斷在界定受統治、受壓迫階級的標準，所以一切道德都是罪惡的。

唯獨有深刻靜心與寧靜的人才能有所主張，而且他不會用「對」或「錯」這樣的字眼，也不會說他的判斷標準永遠有效，而只是這個片刻有效，那是一種自發性回應而不是制式反應；他也不是在制定道德規範。

就另一個觀點而言，唯一對的只有完全的意識，而唯一錯的只是完全無意識。出於無意識的一切都將是錯的；出於意識的一切都將是對的。問題不在什麼樣的行為，問題在於行為的出處。

但就最終的意義而言，這仍舊是相對的。無論出自無意識抑或意識都不重要，萬事萬物都以它本然的樣子存在，沒有對錯的問題，因為無意識和意識皆出自同源，出自永恆生命之源。

據說佛陀超越了一般所謂的規範，他以自己的回應能力（responsibility）而活；他不按既定的道德而行，而是以一刻接著一刻的覺察而活。一般無知於意識的人顯然需要一定的道德規範、一定的標準架構行事，但不免令人遺憾的是：這只是說這個人還不夠清醒，所以需要用規則框起自己。如果整個社會變得更有意識，那就不需要道德規範與政府，也不必任何司法機構，這些都是醜陋的、污蔑人性的東西，使人類蒙羞。

我到美國時，調查我入境簽證的人劈頭就問：「你是無政府主義者嗎？」一定有人通知他，因為他手邊有一疊檔案。

我回答：「不只如此。」

他有些怔住，因為現在已無例可循。美國拒絕無政府主義者入境，因為無政府主義者不相信任何政府機構，他們認為所有的政府都不過是奴隸制度；除非我們擺脫所有的政府，否則人會繼續活在奴隸制度下，只是換換奴隸制度，然後就以為自己自由了，這種對自由的想法只不過是場夢。

但當我說「不只如此」時，他顯得不知所措，不知如何應付我才好。

他問：「你所謂『不只如此』是什麼意思？」

我說：「我是說在政府可能消失之前，人類的無意識必須先消失。我不是無政府主義者，不過無政府主義將是我整個努力的副產品。」

他說：「你似乎很難應付。」

之後的五年，美國政府一直敵視我，但我們並沒犯錯，是他們有成見！

我被陷害入獄。我對獄吏說：「你有想過自己是外國人嗎？」沒有半個美國人是美國人，只有可憐的印地安紅人、這些原住民才是美國人；美國人甚至已經改名，現在叫印地安紅人，他們才是美國的主人。

我對獄吏說——因為在獄中的三天他對我頗友善——我對他說：「你，你父親或祖父一定有人是外來的。現在我起碼有本護照，但你的祖先什麼護照都沒有就來了。你的祖先才是入侵者，我只是觀光客。」

「而且你們殺了近九成的印地安紅人，存活下來的一成也被你們弄得半死半活。你們逼他們待在保留區、進入深山地區，還持續給他們生活津貼。為什麼？因為你們不願他們進社會工作、成為社會的一份子，隔離他們，不用工作、持續供養他們。不用工作就有收入時，你要幹嘛？當然是酗酒、嗑藥、賭博、嫖妓，不然那些錢要花在哪裡？」

「所以印地安紅人已被徹底消滅了，甚至無法為自由而戰，那會讓他們失去生活津貼。有那筆生活津貼好得很！只要生愈多小孩，就能領愈多生活津貼。所以他們可以盡情享受，盡情喝酒、嗑藥，就是不能跨越保留區，只能待在深山裡。」

我對他說：「你們憑什麼禁止別人到美國？這裡又不是你們的故鄉。」但他們占據了美國，從沒有人，即使是他們的思想家也不曾有過這個疑問：

「美國何時能解放？我們何時離開這裡？」

「而且道德還要由你們制訂、裁奪，更建立了司法機構和憲法。這塊土地又不是你們的，你們只是野蠻的入侵者。你說這不是罪大惡極，那是什麼？」

他說：「你說的沒錯，但太晚了，我們已經來了三百年，現已回天乏術，我們哪兒也去不了。有義大利人、德國人，也有英國人、西班牙人，還有荷蘭人，歐洲這些國家都已經有人了，不可能再收容這些移民，他們原先的國家也不會再接納他們。」

他們無處可去，所以占領了這片土地，這裡屬於那些可憐的原住民。你會對他們野蠻不已的過去大吃一驚，整個紐約市被所謂的美國人以二十四個銀幣買下，你說這算是交易嗎？印地安人是被強迫的，整個紐約只用了二十四個銀幣就得手了！

截至目前為止，所有的對錯都是掌權者所決定的，對錯是權力所決定的。有句印地安的俗話說：「誰擁有權杖，誰就能得到水牛。」水牛是誰的並不重要，重要的是：誰的權杖比較粗大、誰比較強悍；強者能制定統治弱者的規範，富者能制定統治窮人的標準。那些標準自然有利於富者與權貴、不利於窮人與弱者。當我說反對道德規範的時候，我的意思是反對這整個結構，這個由權貴為統治弱勢者所制定出來的標準。

男人憑著自己比較強壯就制定統治女人的標準：女人會因為懷孕而變得比較脆弱、比較仰賴他人，懷孕的婦女必須完全仰賴男人提供一切所需，懷孕使她陷入被奴役的狀態。女人若想擺脫男人，首先必須考慮懷孕的問題，她們應該堅持避孕，主張懷孕期間由社會照顧她們，否則就不要有懷孕的打算。懷孕會使她們形同殘廢，男人很容易藉此剝削女人。

對一個領悟了終極意識的人而言，沒有什麼是對、是錯，一切都如實地在那裡，沒有判斷。

陸大夫問了很重要的問題：

有萬物同源這種說法，所以沒有對錯可言。

此時南泉指著花園裡的牡丹說：「大夫，時下的見到這些花就好像在夢裡看到的一樣。」

他的答案有一點間接，但他是說，人們是那麼無意識，因此所看見的不過是一場夢。他們在夢中評定什麼是對的、什麼是錯的；一旦醒悟了，他們會見到萬事萬物水乳交融在一起：沒有對立、沒有矛盾，存在是一個有機的整體。

因為人們那麼無意識、活在夢中……除了在白天睜開眼睛做白日夢以外，你的思想還有什麼內容？而且你晚上所做的不是思想的夢又是什麼？你是如何做選擇的？你根本沒有足夠的意識去決定什麼；你只是循著既有的標準在走，然而你想過——那些制定標準的人和你一樣都在昏睡嗎？

譬如說，印度教徒遵循著摩奴（Manu）所制定的標準，五千年前為印度教徒所制定的道德規範。摩奴將人劃分成四個階級，婆羅門是最高的階級，沒有人能夠晉升婆羅門階級，除非你生在婆羅門世家。轉變階級是不可能的，因為生為婆羅門要憑前世的功德。但現在到哪裡找你的前世和功德？那些早就不見了。

第二個階級是戰士，第三個階級是生意人，最後一個階級首陀羅（Sudra）——賤民，因為他們是那麼卑賤，連不小心碰到他們的影子都必須洗淨，但他們並沒有碰到你，只是接觸影子就會弄髒你。這個階級不能生活在城裡，必須住在城外，而且不准進入某些場合，例如寺廟；他們也不能閱讀經典，不能上學、受教育。

五千年來，沒有半個人反對這種做法。這逼得生在鞋匠家庭的人必須成為鞋匠，可是他也許有愛因斯坦的品質，但因此被擋在門外、無法上學；他也許有喬達摩佛的品質，但卻不得其門而入，只能當一名鞋匠。五千年以來，他的祖宗八代都是鞋匠，所以他也必須是鞋匠。

階級嚴明，沒有流動、沒有變換職業。摩奴本身是一個婆羅門，所以當然認為婆羅門是最好的。他們是決策者，決定什麼是對的、什麼是錯的。

整個世間的狀況如出一轍，人們毫無意識地活著。所謂的宗教人士都反對我，因為我說：他們的道德規範全和夢沒兩樣。唯有意識的全然清醒，你才可能知道什麼是對的、什麼是錯的；當一個人全然清醒，事情就轉變了。

譬如說，當悟道那一刻的喬達摩佛立即摒棄種姓制度這種想法；他第一句話就說：「種姓制度並不存在，每個人都必須自由選擇他想要的、做他想做的，家世不能決定他的命運。」

佛陀的教誨無法在印度生存下去，因為那會徹底顛覆婆羅門的生意。如果佛陀的訊息傳開來，婆羅門、戰士會失去他們既有的權力，到時候首陀羅便能進入各個場合，擁有前所未有的自由。

佛陀能在他的寧靜中、安詳中見到種性制度的愚蠢，只是藉著道德、宗教之名在壓迫人民，這種東西早該廢除了。自由是基礎，是所有人性的基礎，任何違反自由的都違反了人性。

有一次，陸大夫對南泉說：「我家有塊石板，有時豎著、有時橫著。現在想雕成佛像，可能嗎？」

「是的，」南泉說，「有這個可能。」

「連石頭也可能嗎？」陸大夫反問。

「不可能！」南泉鄭重地說，「不可能！」

這是令人費解的對話。首先必須了解，陸大夫問的是隱喻，他所謂的「我家有塊石板」是指他自己，他的意思是：「我有比一塊石頭好到哪裡去嗎？有時我立著，有時我又躺著，就像石頭一樣無意識。」你以為他真的在問刻石像的問題嗎？那與石頭無關，而是在說他自己。石頭才不會一下立著、一下躺著，它們不會這麼快就厭倦一種姿勢；他是在說他自己。

「是的，」南泉說，「有這個可能。」他沒有說一定會發生，他只是說：「有這個可能。」若石頭真的那麼殷切，那就沒什麼不可能：石頭也能成佛。

大夫說：「連石頭也可能嗎？」南泉看到陸大夫不了解，如果有那份殷切、渴望，那麼即使是石頭也會成為佛的種子，陸大夫不了解那種可能，因為他說：「連石頭也可能嗎？太難了吧？」於是南泉就說：「不可能！」他又重複一次：「不可能！」

如果你自己都認為不可能，那就沒辦法了。首先要看見、察覺你的潛能與可能。如果你自己都認為不可能，那麼也沒人能替你完成。別人沒有這個義務，你必須自己成長、成佛。如果你認為不可能，那就打消這個念頭。

這則公案是說，你成佛的那份熱忱必將發現在你裡頭的佛。這個佛不在遠處，不需找尋；祂就潛伏在你裡頭，如果你成佛的熱忱變得殷切，潛藏的祂就會顯露。

若以無比的強度前往你的存在之源與核心，你就會發現那個佛。認為不可能會封閉了自己的潛能。沒人能使你成佛。你若有那份熱情，你若有那份渴望，如果你向內轉、摒棄一切外在的俗事，那就有可能。

石霜寫道：

人們的陋習驅散了那輝煌的，使祂從世上消失了。
福與禍都是夢境，
不必留戀這個世界、留戀地窖裡的舊洞穴；
一開始，翱翔在蔚藍天空的鳥兒不曾留下絲毫痕跡。

石霜是偉大的詩人，他說：人們的陋習驅散了那輝煌的。我們把輝煌的年代拋諸腦後，糟蹋了祂。

我想起一則很有意義的插曲。喜馬拉雅山山脈有一些很古老的種族，他們有一種非常男性沙文主義的習俗：凡是到他們那裡的客人將受到一切款待，夜裡還會讓妻子陪你睡覺，因為他們認為賓客必須受到各種款待。

當英國人來到印度時，馬那里（Manali）和庫魯（Kulu）地區的人民飽受剝削，幾乎有百分之九十的人罹患梅毒。

英國人應該對此負責，當他們聽說這些人會讓老婆陪你睡覺，英國人就入山打獵，到晚上就去光顧這些人家，那些可憐的人就會給他們一切食物、住宿，還有他們的妻子。

這些人民不知道英國人只是來剝削他們、姦淫他們的妻子。接著英國人就把梅毒傳染給整個部落，連剛出生的小孩也得了梅毒，而且他們也不想對這些小孩負責，這些小孩的父親是那些英國人。

因此你能了解石霜所表達的是什麼，人們的陋習驅散了那輝煌的，事實上，更有信任、更有愛的人和世界，的確是有的。

我想起自己的童年時期，在我故居的村子是買不到牛奶的，沒有人在賣牛奶，因為無論你想要多少牛奶、就能有多少牛奶。擁有食物的人不能眼睜睜看著別人挨餓，因此牛奶必須免費供給任何人。不過現在那個村子已經找不到免費的純牛奶了——那裡的牛奶已經摻了一半的水。

我就讀的那所大學裡有個人會免費提供學生牛奶，他是個很好、很善良、很有智慧的老人，於是人們開始叫他桑吉（Sanji），聖人。他會帶著自己的兒子、提著幾桶牛奶前往宿舍，有人問他：「桑吉，你真的沒有在牛奶裡面摻水嗎？」

他會把手放在他的小孩頭上，然後說：「我一輩子從來沒有在牛奶裡面摻水，如果我這麼做，那我的小孩會死。」

聽了他這番話我心裡想：這似乎是奇怪的，因為生牛奶中絕對有百分之五十的水分。製造好的牛奶成品則有百分之八十的水分，當你摻更多水，原先百分之五十的牛奶就會變稀。

我才聽他這麼說，就將他引到一邊說：「你老實告訴我……你的牛奶中絕對充滿了水分。如果你不告訴我真相，我就把你帶到副校長那裡去檢驗牛奶成分，如果發現有水分的話，你的生意就全毀了。」

他說：「你是頭一個這麼找我麻煩的人，老實告訴你好了，但請你不要有進一步的行動，也不要告訴任何人。」

我說：「那你就老實告訴我吧，到底怎樣？」

他說：「事實上是：我從未加水到牛奶裡頭，而是把牛奶加到水裡頭。

所以我根本不怕自己所說的話，但是別將牛奶拿去檢驗，我會免費提供你飲水和牛奶，也可以給你不加水的牛奶，不過要到我的地方來拿。但是別跟任何人提這個祕密。」

遙遠的過去確實有過一種世界，我們會在那裡發現某種信任品質，那是人性的黃金年代。

石霜說：祂從世上消失了。福與禍都是夢境。不必留戀這個世界、留戀地窖裡的舊洞穴。一開始，翱翔在蔚藍天空的鳥兒不曾留下絲毫痕跡。

這是佛陀說過的話，他曾說：「你必須踏上沒人走過的路，親自開路、走出那條路，闢出自己的途徑，你不可能追隨任何人，就好像天空一樣。」翱翔在蔚藍天空的鳥兒，不曾留下絲毫痕跡。

內在的天空亦然，諸佛不曾留下絲毫痕跡。所以你不可能追隨任何一個佛，你必須自行找出自己的路，這就是你莊嚴之處，是一種莫大的自由。如果真有現成的途徑、高速公路，那麼天天都會有一籮筐的人成佛，因為只要坐上巴士就能到達目的。但內在世界由不得你搭車前往，就算是三輪車、腳踏車也不可能，難就難在這裡；腳踏車哪兒都能去，但內在除外。

內在不是用腳到得了的，而是用你的洞察力，將眼光往內轉。那裡沒有足跡可循，內在的天空絕對是杳無人跡的。但是目標並沒有很遠，近在咫尺而已。

當你殷切地往內看，那彷彿是瞧進水很深的井底，或離出口很遠的隧道。只要跨出一步，你就能抵達佛境，只要有勇氣去冒險、探尋、探索，只要具備一些能量。只要記住這句優美的敘述：翱翔在蔚藍天空的鳥兒不曾留下絲毫痕跡，所以不可能有人能讓你追隨。

瑪尼莎問：「鍾愛的師父，我們之中有誰能同意『那輝煌的已經從世上消失了』？當您還在我們身邊，您的在使我們彷彿置身輝煌時代，所以怎麼會消失呢？您是靈性層面的邁達斯（Midas；譯注：希臘神祇，能點石成金）。」

瑪尼莎，這個佛堂並不屬於你們所謂的世界，這個佛堂本身是諸佛的居所。對你們這些靜心者而言，時間是無關緊要的；你潛得愈深，你就愈接近喬達摩佛、老子、莊子，更趨近那些有過終極體驗者的時代。你會在自己存在的源頭遇見他們，那是同樣的感受、同樣的味道、同樣的目的地。

你說的對、但也說錯了。對的是，佛堂中的你們是如此殷切、熱忱地探尋著佛，於是重現了那些黃金年代。

佛堂之外的茫茫塵世中，人們連一絲向內看的念頭都沒有。你若對外界的人提到成佛的想法，他們會笑著對你說：「你瘋了嗎？」他們會滿臉狐疑地打量你：「這個人一定吸了海洛因，或抽鴉片、嗑藥，所以才想成佛。佛在兩千五百年前就死了。」

一般人未曾想過自己也能有不同的命運——不只是做生意人，或是當個職員、主管、老師，這些都不是你們的命運，這些只是你們的職業，有益身體的存續，但不足以找到你的佛。

你必須做些其他的，你必須進入你自己，那不是教育或社會、道德規範的一部分。人們會因此嘲笑你，他們會說：「你瘋了嗎？你要怎麼進入自己？我們也沒有看到門窗，你要從哪兒進去？你能在那裡找到什麼？只不過是一堆骨骸而已！別這麼做，一旦看到裡頭的那堆骨骸、頭骨、五臟六腑以及所有的血管，你會開始害怕自己。千萬別這麼做，太危險了！如果你真想這麼做，等死後再說吧。你大可在墳墓裡看個夠，因為外頭什麼都沒了，所以你就好好看個夠，時間多得很，而且也沒別的事好做了！」

你說得對，我們就是要在此重現昔日的黃金年代，也歡迎那些想要加入這場偉大冒險的人。但是瑪尼莎，就這個世間而言，黃金年代的確是消逝了。大家可以從這些笑話發現外在世界發生了什麼事。

賈斯特・起士（Chester Cheese）先生在前往推銷貨品的途中，車子拋錨了，於是走到附近的農家去敲門。

「抱歉，」賈斯特對農夫說，「我的車子拋錨了，不知可否在此借宿一夜？」

「哦！我考慮一下，」那老農說，「但我只有十六歲女兒璐西的床可以給你睡，你願意和我女兒同床嗎？」

「真的嗎？」賈斯特面露微笑。於是農夫帶他到璐西的房間去。

晚一點的時候，躺在一旁的賈斯特把手伸到璐西的大腿上。

「住手！」璐西叫了，「不然我要叫我爸爸來。」然後璐西稍微往賈斯特身邊湊過去。

更晚一點時，賈斯特又故技重施，「住手！」璐西嚷著，「不然我要叫我爸爸來。」

但她往賈斯特那邊愈靠愈近。

第三次的時候，璐西跳到賈斯特身上，然後兩人便逍遙起來。

過了一會兒，璐西輕輕地說：「先生，我們可以再來一次嗎？」

賈斯特應允，然後又來了一次。五分鐘後，璐西拉著賈斯特那話兒說：「先生，我們可以再來一次嗎？」她這麼問著。

「住手！」賈斯特抽了口氣，「不然我要叫你老爸來！」

外面的世界就是這麼回事！

＊　＊　＊

德聰明先生是療癒團體的治療師，有一晚他走在社區前門外。

「嗨！先生，」賣花的黑胖子說，「買朵花送給你可愛的太太吧！」

「我還沒結婚，」聰明劈頭就這麼說，然後手揮一揮要他閃邊。「好吧，」黑胖子說，「那買給你女朋友囉？」「不要！」德聰明吼著，「我也沒女朋友！」

「好吧！」黑胖子說，「那麼買兩束花慶祝你這麼好運！」

＊　＊　＊

裴迪和西姆坐在裴迪家後院，小酌了幾瓶啤酒。

「喂！」西姆說，「你這次坐船到西班牙旅行，好玩嗎？」

「太棒了！」裴迪說，「想想看，十五年來頭一次可以離開茉莉這個女人！而且旅途的頭一晚就遇到一個很棒的女孩，是我所見過最美的女人。我們聊了兩句便一見鍾情，很快地，我們就手挽著手，袒裎相見。

不過隔天一早醒來卻發現：懷裡的她竟是我最好的朋友──弗格斯的新婚妻子，這突如其來的打擊使我們充滿罪惡感，於是我們不停地哭泣、哭泣！」

「天啊！」西姆說，「確實太嚴重了！後來怎麼樣了？」

「唉！你也知道，」裴迪說，「之後，事情就是：哭泣……上床……哭泣……上床……！」

外頭的世界就是這麼回事！

* * *

大胖子奧嘉是科瓦斯基的老婆，體重不斷在增加中，因此求診加巴克醫師，看看有什麼對策。「你要做更多的運動，」加巴克說，「你飲食無度，每天都要運動。」

「但是，醫生，」奧嘉嘀咕著，「我該做什麼運動？」

「很簡單，」加巴克回答，「先慢慢來。光著身子躺在床上，試著用仰臥起坐的動作摸到自己的腳趾。然後再將腿高舉過肩膀，重複這個動作，直到開始出汗、減掉那些體重為止。」

當晚，奧嘉決心一試，脫光衣服、躺在床上的她幾乎看不到自己的腳趾，不過她還是把手往前伸，試著抓抓看，然後開始將腿抬起、舉向肩膀，屁股凸到前方，她的腿壓在手臂上，但竟然就這麼卡住了。在這個節骨眼，科瓦斯基醉醺醺、跌跌撞撞地進了臥室。「天啊！奧嘉！」他嚇得大叫，「把頭髮梳一梳、假牙戴回去，你看起來好像你老媽！」

尼維達諾……

三 鼓聲

口 亂語

尼維達諾……

靜下來，閉上眼睛，感覺身體完全靜止。
現在，全然地往內看，
凝聚你所有的意識，
好像射箭一樣，愈來愈深入。
記住，每一個片刻都可能是你生命最後的一刻，
所以要很殷切。
還沒有領悟你的佛性時是無法離開肉體的，
但那是可能的，即使是石頭也能雕成一尊佛。
意識是怎麼一回事呢？
也就是佛性本身。
要慶祝這個片刻，

因為世上試著去知道自己的人非常稀有。
這就是為什麼世界變得一團糟。
如果你有意識地領悟了你身在的源頭，
你便會充滿了滿足、喜悅、慈悲和愛；
你的內在會綻放千千萬萬的花朵，
你會變得光輝燦爛。
這是你與生俱來的權利，
你可以不理不采，但無法抹煞祂，
祂一直對你敞開著，只要你記起。
只要你願意，那就夠了，
讓祂愈來愈明白……

只要看著，你是觀照。
你不是身體，也不是頭腦，
你只是觀照——只是一面明鏡。
這個觀照就是轉捩點，轉化的起點。
啜飲這個源頭，醉在其中、浸淫在裡頭，
好讓你回來時也帶著祂、在每一次呼吸中的佛。
要無時無刻活出這個佛。
今夜固然有她的美，

但現場的諸佛使她美不勝收。
儘量凝聚那輝煌的，尼維達諾很快就會喚回你。
讓自己滿載而歸：滿載著那份芬芳、寧靜、喜樂。
在這個片刻，不是有十萬尊佛，
而是唯一的佛境、一片大海，
你們悉數融入其中。

三

回來，但是要慢慢地、從容地，
帶著你的佛回來，別忘記了。
像佛一樣坐上片刻，記住你到過的境界、
走過的路，以及同一條回來的路，
惦記著祂。
你會不斷地走上這條路，

啜飲永恆生命的源泉。

這樣可以嗎？瑪尼莎。
是的，鍾愛的師父。
我們可以慶祝歡聚於此的諸佛嗎？
是的，鍾愛的師父。

第四章

喜馬拉雅山也有起落

門一扇接著一扇為謙遜者敞開，
他只是保持觀照。
萬事萬物恆常流變，
唯有觀照是永恆的現象。

鍾愛的師父：

有一回南泉拜訪了某個村子，意外地發現村民已在那裡恭候。

南泉問村長：「我通常不會告知自己的去向，你們怎麼知道我要來？」

村長回答：「昨晚土地公托夢說你今天會來！」

南泉說：「這顯示我靈性上的道行是多麼粗淺無力，竟然能被預知。」

（原文：師因至莊所，莊主預備迎奉。師曰：「老僧居常出入，不與人知，何得排辦如此？」莊主曰：「昨夜土地報道，和尚今日來。」師曰：「王老師（譯注：南泉俗名姓王）修行無力，被鬼神覷見。」——節自《五燈會元》卷三）

瑪尼莎，在探討你帶來的經文之前，我必須先談一下南泉的風格和法門。他有時似乎令人備感困惑，會刻意說一些矛盾的話。除非有這番了解，否則很難為這些經文理出頭緒，因為唯一的理路在當下。這樣你才能領會某些屬於超越的東西。

另一則公案，宣州刺史陸亙大夫問南泉：「如果有人將幼鵝置於瓶裡扶養長大，直到鵝大到出不了瓶子。此時不得破壞瓶子，也不能把鵝殺死，那要怎麼取出那隻鵝？」南泉喝道：「陸大夫！」

只是「陸大夫」這麼當頭一喝，陸大夫便回說：「是的，師父。」

南泉說：「鵝在外面！」

（原文：宣州刺史陸亙大夫問南泉：「古人瓶中養一鵝，鵝漸長大，出瓶不得。如今不得毀瓶，不得損鵝，和尚作麼生出得？」泉召大夫，陸應諾。泉曰：「出也。」——節自《五燈會元》卷四）

這個怪異的謎題無法用理性來解答，無論你怎麼做——不是打破瓶子、就是把鵝殺了，你都無法兼顧兩者。但是鵝和瓶子，是在比喻你的觀照本身和你的身體。

你的身體是瓶子，而你的意識是鵝。從來沒有人會納悶說意識是怎麼出入身體的。意識是無邊無際的，遍及宇宙的各個層面，而身體是這麼渺小，彷彿一個小瓶子。存在是怎麼安排這樣的生命呢？那是一樁奇蹟，物質的肉體囊括了非物質的精神。

陸亙大夫在禪的傳統下提了這個老生常談的問題，或許每一位師父都對此下過功夫。

南泉喝道：「陸大夫！」剎那間，陸大夫完全忘了自己是個官，也忘了南泉只是兩手空空的乞丐，而且沒有人敢像他這樣喝斥當官的……而陸大夫也全忘了自己問的問題，這銳利的喝聲就像一把劍一樣。

只是「陸大夫」這麼當頭一喝，陸大夫便回說：「是的，師父。」南泉說：「鵝在外面！」

這是非常怪異的解答。陸大夫所要表達的是他的意識，這個意識能不受限地進出身體。身體無法阻礙它，身體只能阻礙物質，但非物質性的存在則屬不同層次，它能進入身體而不泛起一絲漣漪，完全不會波及身體。無論如何，你的意識永遠不會觸及你的身體，你的意識始終是觀照，站在遠方的山丘上，彷彿……

只要思考一下你的映射是如何映入鏡子。鏡子並沒有容下你的空間，但你的確出現在鏡子中。站在鏡子前仔細觀察自己的映象，你會發現它有完美的反映能力，但裡頭卻沒有你。

身體不包含精神，精神也不包含身體。精神就像一面明鏡，頂多是反映出身體、頭腦而已，它始終是超越的，置身事外。這就是南泉所說的「鵝在外面」的意思。他喝道：「陸大夫！」而陸大夫回說：「是的，師父！」可見陸大夫並沒有睡著，他是完全清醒的。

在此覺察中，你不是身體，也不在身體中。你是超越的、置身於外的，鵝在外面。有一些師父曾對這個小公案下過功夫，但南泉似乎是最棒的。

有一回南泉拜訪了某個村子，意外地發現村民已在那裡恭候。

南泉問村長：「我通常不會告知自己的去向，你們怎麼知道我要來？」

南泉為何堅持不事先告知他的去處？因為他想藉此讓人親自認出他身上的光芒。除非他們親自認出來，否則他不會進村子，不會在那裡停留，因為佛緣未到，人們還在昏睡，看不見那無形的，無法領悟那永恆的；他們的鼻子、眼睛、耳朵是封閉的，無法感受那份細微、內在的品質，無法體驗一個已經回到家的人的芬芳。

這就是他的行蹤不與人知的理由，就算他的好友也不知道，他的行蹤不定，或許大家會認為這條路通往何處，但在抵達之前或許會打道回府。

他所致力的是：找到那些因為他的在就能起共鳴的人，他要道場裡充滿接受性的人。世界這麼大，毫無接受性的人比比皆是，人們的心是如此冷酷無情，沒什麼能觸動他們，他們是聽而不聞的，因為他們根本無法傾聽。儘管他們在聽，腦袋裡卻在忙各種別的事情。

就算一個佛從面前經過，他們也不一定認得出來。要認出一個佛必須有某些敏感度和敏銳度，就像認出太陽需要眼睛，認出一個佛也需要一定的品質、清晰的眼光及洞察力。

除非你能認出來，否則沒有理由要師父把時間花在那些沒接受性的人身上。也許來生他們會有接受性，也許今世他們的緣分未到——時機還沒成熟，季節還沒來臨。一個佛只能影響極少數雀屏中選的人，很簡單，因為他的影響力並非頭腦的範疇，不是一種說服你的論辯。他甚至不會說：「我是一個佛。」而是要你親自認出他。那是旅途的起點，正確的轉捩點。

所以南泉不要任何人知道他的去向，如果是事先得知而不是自己認出他的佛性，只是因為既有的情勢——因為他名聲遠播，有數千名和尚追隨著——那只是因循地、形式地崇拜他。這會徒耗南泉的時間，助長盲目的、教條的、傳統的風氣。

他想以陌生人出現，看看人們能否認出他。沒見過他就認出他的人，只是看著他就有了某種傳遞，好像燈火之間的傳遞一樣，他們的心有了新律動。他們知道，「儘管這個人相貌平凡，但卻是遙不可及的。」

他的意識是如此磅礴，如果人們有接受性，他就像朵雨雲一樣。但他不打算像雨雲一樣盲目地下雨，雨雲並不在乎雨下在石頭、田裡或土質良好的地方，那是無所謂的。雲是盲目的，只因為雨水太多，所以一有機會就要卸下重擔。只要溫度夠低，水蒸氣便會化成水、然後下雨。南泉也想像雨雲一樣下雨，但不要像盲目的雨雲。他不要將雨水下在石頭或其他不會成長的事物上；他想將雨水傾注給合適的、有可能成長的土壤。

整個禪宗史上只有他使用這種方法。師父通常會事先告知他的行程，好讓人們有所準備。但危險的是，人們會以既有的方式來禮敬師父，卻根本不了解他此行的目的。所以南泉從不告知他的行蹤。

但這次竟然發生這種事。

村長回答：「昨晚土地公托夢說你今天會來！」

南泉說：「這顯示我靈性上的道行是多麼粗淺無力，竟然能被預知。」

他是個很坦率的人，任何達到他這種地位的人都會極為自滿地說：「你看，連神明都要替我通報。」但是他反而說：「這顯示我靈性上的道行是多麼粗淺無力，竟然能被事先知道。你的想像所創造出來的神竟能預知我的行蹤。」不是真的對靈性欣喜的人，也許會因為這種幻影或夢境的感知能力而誇口：「你看！連神明都要預告、宣布我的去向。」但南泉卻說：「這表示我在靈性上的道行是多麼粗淺，連你都能透過夢境預知。」

對自己誠實是宗教品質最重要的特性之一，其他還有謙遜與無我。有宗教品質的人彷彿沒有自己似的，不會對別人的讚譽高興，也不會覺得自己的靈性高人一等。但一般的宗教人士就會因為一些小事而自滿。

我聽過一則軼事。有一天，三個教士早上在十字路口不期而遇，他們分屬不同的基督教派。在一番寒暄之後，每個人便各自吹噓起來。其中一位浸信會學院的教士說：「二位的修道院固然不錯，但還是比不過我們的學術成就，我們學院的學生最博學多聞。」另一位教士隸屬天主教會，他說：「你說得沒錯，你們的學生最有學問，但是學問和靈性無關。真正的靈性是嚴格的紀律、禁慾主義，這方面你們經不起考驗。我們的修道士是苦行者的最佳典範，持戒最嚴。」

第三位新教的教士說：「這些算什麼，就謙卑而言，我們是最頂尖的。」

甚至謙卑也能拿來滿足自我。形形色色的愚蠢一直打著宗教的名義在進行，因為那些能夠滿足自我。譬如說，天主教的教士說沒有人能夠打敗他們的修道士——彷彿一場自我的競賽！就苦行的紀律而言，他們的確無人能及，相形之下，他們有最嚴重的受虐狂，極度虐待自己，為的只是被推崇。

我想起一則故事。有一名年輕人進了天主教的修道院，院長告訴他：「我必須鄭重聲明，這裡是天主教修道院，必須遵守嚴格的紀律。譬如說，七年之內只能說一次話。」那年輕人說：「我下了很大的決心才來的，所以願意遵守任何紀律。」然而他沒有察覺命運將如何捉弄他。他一進修道室就發現裡頭沒有床墊，現在不能開口說話了，所以為了床墊，他必須等上七年。他心想：「天啊！這麼嚴寒的天氣，我活得了七年嗎？而且外頭還下著雪，只有一床小被單過冬！」不過他既然已經許下承諾，而且苦行也是自我所強調的。於是他受苦了七年。

七年過了，他很高興，趕忙去向院長說：「感謝神恩使我活了下來，我的修道室裡沒有床墊！」院長說：「床墊會送過去，回去，七年內不要再有任何抱怨。」這個可憐的傢伙已經隱忍了七年！

床墊送來了，但是竟然比修道室還大，而且門太小，所以在搬運時把窗戶打破了。雖然床墊來了，但窗戶卻破了。原先是受寒冷之苦，現在還要被雨水折磨。雨水會直接打進修道室，他只是裹著一條破爛的毯子坐在那裡。在窗戶修好之前，七年又過去了！這回他又跑去找院長，院長說：「你又來了，你又要來抱怨嗎？」

他說：「不是抱怨，這些年我飽受颼風、下雨之苦，因為那些工人把我的窗戶打破了。之前沒有床墊的時候還好——因為我已經習慣了，但我怕雨會一直打進來……」院長說：「我會把你的窗戶修好，今後永遠不要再來向我抱怨！」

然而歷史又重演了：工人為了方便修理窗戶就把床墊拉到房間外，但是修好之後竟把床墊放在外頭，但他又不能講話，所以下場沒變——事實上更慘。

現在七年的時間似乎不敷等待了……所以他或許只能在下輩子說：「我的床墊被放到外頭去了。」他試著把床墊拉進來，但是床墊太大了。而且院長會說：「你這輩子實在太會抱怨了，自從你來了之後，除了抱怨、還是抱怨，一事無成。」

這些人還以為自己在靈修。愚蠢總是有許多名義，其中一項就是靈性。禪對粉飾自我完全沒興趣，相反的，如何淨空你，如何使你毫無價值、什麼都不是，這才是它致力的。

打從我很小的時候，我的親戚、鄰居和好友就對我說：「如果照你這個樣子下去，你長大後會一無是處。」因為我總是靜靜在河邊坐上好幾個鐘頭，於是大家就習慣了，甚至也不問我在做什麼，因為我什麼也不做。

但他們說對了，我真的變得什麼都不是，然而你若能變得什麼都不是，那才是最大的祝福。「什麼都不是」最好……只有空無才能綻放無窮的玫瑰。

禪的謙遜不是修為、培養來的，它只是深入靜心的結果與副產品。你愈深入，你就會開始忘記整個竭力於功成名就的世界——成為更富有、更有權力的人物。世人都想創造歷史，但是你卻像一陣輕煙，消失在空中。這些人沒有留下絲毫腳印和痕跡，他們只是領悟了存在的壯麗、美妙的宇宙，領悟了真理與神性——而這只是偉大奧祕的起點。

門一扇接著一扇為謙遜者敞開，他只是保持觀照。那就是終極的，某方面而言，你一無所有，另方面而言，你又擁有整個宇宙，但不是占有。你已經進入生死的本質與永恆的奧祕，你會發現，萬事萬物恆常流變，但你內在的觀照卻置身事外。這觀照是唯一永恆的現象。

即使是喜馬拉雅山也有興衰、消逝的一天，它是很年輕、歷史不久的山脈。印度教最古老的經典梨俱吠陀（Rigveda）甚至沒有提到喜馬拉雅山。所有的文明國家都源自蒙古（Mongolia），這一點是可以肯定的，蒙古是原始的起點，尤其是亞利安種人。黑人並非源自蒙古，南印度人也不是，但是德國人、北印度人、英國人、法國人、義大利人、挪威人、瑞典人、瑞士人、希臘人，他們全都源於同一個種族，也就是蒙古，因為他們的語言中或多或少都有梵文成分。

從蒙古到印度必須通過喜馬拉雅山，這不是一件小事，而是幾乎不可能的，如果當時喜馬拉雅山就存在，而亞利安人也越過了這座山脈的話，那怎麼可能不提到它。

洛克馬尼亞・提拉克（Lokmanya Tilak：西元一八五六～一九二〇年）的論點是對的，更令人信服的是：他認為喜馬拉雅山應該是在梨俱吠陀之後才出現的。與喜馬拉雅山比起來，梨俱吠陀所記載的賓迪亞恰山（Vindhyachal）、娑普拉河（Satpura）都算是小型的。

洛克馬尼亞・提拉克是普那的印度教學者，他獨排眾議、反對任何主張梨俱吠陀只有五千年歷史的看法。他以兩個論點主張梨俱吠陀至少有九萬年的歷史：一個是完全沒有提到喜馬拉雅山，但是其他的小山脈卻都有提到，這是講不通的，因此喜馬拉雅山必定出現在梨俱吠陀之後的時代。

另一點是，梨俱吠陀巨細靡遺地描述了星象學，那也是發生在九萬年前的事，也因此，星象並非你無法想像的東西。星象不是從那時才開始有的，而是可能再次循環的現象——或許數百萬年之後，宇宙中的天體會再度進入同樣的星象。

這兩點非常具說服力，基督教尚未對此回應，因為所有的基督教傳教士都竭力主張梨俱吠陀很接近我們的時代。因為基督教的聖經說世界是在耶穌基督之前的四千零四年所創造的，那一天當然是一月的星期一，而且離我們不久，只有六千年，因此他們必須修改一切以配合這個六千年的架構。他們全力將梨俱吠陀框限在五千年之內，不接受九萬年前成書的看法，因為這會徹底動搖他們的聖經。

但聖經根本站不住腳，有無數的證據能證明聖經是錯的。根據科學的測定，地球在四百萬年前形成，喜馬拉雅山曾發現有六千年前的海中生物殘骸，這表示喜馬拉雅山是在六千年前到九萬年前之間的某個時候從海中冒出來的，否則這些海中生物並沒有登上喜馬拉雅山的管道，不可能來自最鄰近的印度洋，而且這些海中生物也沒有腳可以爬山、然後死在那裡，徒增歷史學家的困擾。

真正的宗教不會關心諸如此類的事，這些是屬於科學的範疇。任何客觀的事物都屬於科學，宗教品質則是絕對主觀的，它是你內在的深度，你往內在潛得愈深，你就會益加發現一片空無，但這片空無囊括了所有的佛。你存在裡的空無就是你的終極體驗，什麼都超越不了祂的祝福、祂的恩典、祂的滿足。一種與存在共處的無比自在……你已經回到家了。

有一回南泉拜訪了某個村子，意外地發現村民已在那裡恭候。南泉問村長：「我通常不會告知自己的去向，你們怎麼知道我要來？」村長回答：「昨晚土地公托夢說你今天會來！」

南泉則回說：「我靈性上的道行一定很粗淺無力，連人們都能在他們的幻覺、夢境中預見！」多麼坦承的一個人，完全察覺到那是個自我膨脹的大陷阱……這就是大師的風範。他不曾稱自己的追隨者為「信徒」，因為那也是一種自我膨脹。

某些擁有廣大信徒的老師只因為人多勢眾就不可一世，人數對政治權術很重要，但對你的靈性成長並不重要。一個佛可能沒有半個追隨者，那只是顯示無人認得他的高深境界。一個機巧的、拾人牙慧的學者、梵學家或拉比（rabbi；譯注：猶太教律法專家）或許有一大群追隨者，因為人們聽得懂他們的話，那些話語並非來自彼岸，只是頭腦的產物，所以你的頭腦能輕易理解。

南泉沒有追隨者，只有道侶（fellow travelers）。他是頭一個使用「道侶」這個名詞的人，亦即偕行邁向同一個生命核心的夥伴，因此沒有所謂的師父和門徒之間的問題。

這不是說門徒不尊敬南泉師父，其實反而更尊敬，因為他不曾要求任何尊敬。有些事情如果你要求，你就永遠得不到；如果你不要求，你反而會得到它的沐浴。南泉沒有要求過任何感激或尊敬，他不曾說：「我是師父，你是弟子。」這使他的道場有了耳目一新的氣象。他比其他師父更受尊敬、更受愛戴，只因他如此謙遜、如此寬容和分享他空無的心。這種謙遜的自由……你可能沒想過自我永無自由的一天，因為自我必須仰賴他者。

獨自坐在喜馬拉雅山之巔，你還會以為自己是偉人嗎？

可是教宗只因為他有六億天主教信徒就自命不凡，沒有一個宗教領袖有這麼多追隨者，但這是一種政治權術，不是宗教。

自我有很微妙的招數……

據說有個旅者在深山遇到一名獨居聖人，於是去拜訪他，他以為那聖人一定有很多追隨者，卻發現他沒有半個信徒，僅有他獨自一人。

旅者對他說：「世上擁有廣大信眾的人都自認很偉大，但我覺得他們都是自我主義者，不是用錢、而是用人頭來滋養他們的自我。」

年邁的聖人笑了，「我只有一個人、沒有任何的追隨者，只有我一個，切記！」

自我是那麼幽微，這也能拿來膨脹，其實是換湯不換藥的。想謙遜就要牢記，如果你把自我往前門丟，那麼它一定會從後門回來。你的生命中有多道門，很多你連想都沒想到的門，唯有完全覺醒，你的屋子才會充滿光明，自我的陰影就進不來了。

但這不是一個修養與否的問題。有的寺廟裡刻著一些金玉良言，說謙卑能贏得所有人的尊敬，這真是奇怪的建議！謙卑竟然是為了被人尊敬。這些品質不是修來的，因為要修得什麼的前提是某些目的和貪婪，但謙卑只是副產品、不是目標；當你深入靜心，你會感到絕對的空無，只是觀照著空無，謙卑就會自行降臨。

南泉當然是一個偉大的領悟者，但這不是經典、學識上的領悟，而是他的靜心成長出來的。他連續靜心了三十年，這三十年他只是坐著、觀照內在，思慮慢慢褪去，幻夢消逝了，所有的塵埃都沈澱了，內在的天空明白地呈現在他面前，三十年都沒下過山。

之後陸亙勸他：「三十年的靜心已經夠了，時候到了，你應該下山去分享你的體驗。」陸亙的勸說奏效了，因為這提醒了南泉，他的內在空無擁有無價珍寶。儘管無數眾生的內在是那麼莊嚴、擁有如此奧祕的寶藏，但卻活像個乞丐。於是他答應陸亙下山。此舉立刻引來數以千計想要探尋自我的人，他的僧院的規模在日本而言是數一數二的。

禪門詩人石霜這麼寫著：

你用雲之梯爬上了比叡山，
我用竹子走出了京城——
彷彿北方的星辰一樣相隔千里。
這個機會提醒我們彼此是好朋友。

他是說，無論在什麼時代、在什麼地方悟道，當你悟道的那一刻，你就是所有過去的悟道者、未來悟道者的同代人。所有到達醒悟之巔的人都有某種手足之情。

瑪尼莎：「鍾愛的師父，門徒的生命是否有一去不回的時候？」

瑪尼莎，這有必要解釋清楚。你可以在一個師父的周圍發現三種人：一種是學生，這是最膚淺的──他的目的是累積知識，從不往內走；他只會記錄，只想當偉大的、博學多聞的學者。第二種是門徒，他的目的不是累積知識、而是去實踐，看看其中是否存有真理──「這只是一種哲學，抑或是一種真實的靈性體驗？」第三種是獻身者，他是來和師父融為一體的。

你的問題是：門徒的生命是否有一去不回的時候？獻身者的生命是一去不回的，但是門徒則可能改變心意。門徒依然與師父有隔閡，他還是想和師父保持某種距離，其實是怕靠得太近。師父是火焰，太靠近會引火上身，他燒盡你既有的樣子、去偽存真。因此門徒還是有些劃地自限。

學生與師父是遙遙相隔的，他與師父毫無關係，只是來蒐集一些知識片段，然後自行其道。門徒則介乎學生與獻身者之間。

門徒有可能離去，但是獻身者已經將自己融入火焰。奧義書說師父就是一種死亡：就算你現在的樣子而言，太靠近師父必然一死；當然，你將會重生，因此奧義書只說了一半。師父不僅是死亡、也是重生，但必須有一死的勇氣，因為你不知道能否重生。那需要很大的信任，信任這只是一種表象的、虛妄的死亡，當表象的和虛妄的死了，你的真實個體性便會誕生，誕生出毫無雜質的純金。因此瑪尼莎，你的問題對獻身者而言屬實，但對門徒而言則否。

現在來點嚴肅的……

福瑞德進了一家酒吧，點了一瓶啤酒和一杯威士忌。他喝著啤酒，然後將威士忌倒入自己外套上方的口袋，「再給我一瓶啤酒和一份威士忌！」福瑞德一邊擦著嘴唇、一邊說著。

酒保照辦了，但是同樣的事情再度重演，福瑞德喝著啤酒、又把威士忌倒入外套的口袋。同樣的情形重複發生了好幾次，困惑已久的酒保終於忍不住問：「嘿！你到底是在幹嘛？」

「不關你的事，」福瑞德醉醺醺地說，「少管閒事──當心我揍扁你的鼻子！」

就在那時候，有一隻老鼠從福瑞德的外套口袋迸出來，嚷著說：「也當心我揍扁你那隻該死的貓！」

＊　＊　＊

凱斯特‧起士（Cheese）和貝蒂‧起士的性生活出了問題。每當凱斯特想做愛，貝蒂就會開始頭痛，所以凱斯特帶貝蒂去看精神科醫生曾爽（Feelgood）。

「這很容易，」醫生支支吾吾地說，「頭痛來襲時就坐在床邊，不斷重複說，『我沒有頭痛，我沒有頭痛。』」

貝蒂懷疑這能否奏效，不過第二天晚上就在床邊試了起來，結果有效，於是這對起士小倆口有了幾週和諧的性生活。

爾後輪到凱斯特出了問題，無論如何，他那話兒就是無法勃起，所以貝蒂便帶他去看曾爽醫生。結果很圓滿，接下來的幾週，凱斯特的表現威猛，像頭雄壯的公牛，但凱斯特有了一個新習慣，令貝蒂很不悅，就是他每晚都要比貝蒂提前十分鐘進臥室。

於是有天晚上，貝蒂躡手躡腳地上了樓，從鑰匙孔偷看凱斯特到底在幹嘛。她只看到凱斯特坐在床邊，一次又一次唸著：「她不是我老婆、她不是我老婆……」

＊　＊　＊

波蘭教宗和屁股很大的樞機主教，在教宗的個人會議室中出現了激烈的爭吵。駭人的叫罵聲使半數梵諦岡的人民把耳朵緊貼著門，聚精會神地聽著他們吵架。

「去死吧！」大玻璃主教嚷著。

「下地獄吧！」波蘭教宗吼著。

「去吃屎吧（Kiss my ass；親我的屁股）！」大玻璃主教這麼反擊。

「噢！」波蘭教宗訝異地說，「你終於想與我和好了！」

尼維達諾……

鼓聲

亂語

尼維達諾……

靜下來，閉上眼睛，
感覺身體完全靜止。
現在，帶著全然的殷切往內看，
彷佛此刻就是生命的盡頭。
深入——這個核心並不遠——只有一步之距。
愈來愈深入，因為在這個核心你就是佛；
在這個核心綻放你的蓮花，
你會初次體驗到祝福，就是被祝福、毫無緣由。
生命中最偉大的經驗就是體驗你的佛性，
佛性只是意謂著觀照。
看著你的身體、看著你的頭腦，
記住你兩者都不是，

你只是純粹的觀照，反射一切的明鏡。
雲朵來去、歲月來去，永恆才是你的本性，
只有你是始終不變的；
一切都會由死到生、由生到死——就如轉動的輪子，
但是輪子的中心是如如不動的。
讓祂愈來愈清晰……

放鬆，
只是看著身體、頭腦，只要變成觀照。

你不需要做什麼，只要成為觀照。
鏡子映現你時並沒有做什麼，
只要變成明鏡般的觀照。
今夜已經很美，但有十萬尊佛融於寧靜的觀照中，
使今夜璀璨不已，還帶來不曾有過的至喜。
如此和煦、如此美妙，是你想都想不到的，
但這就是你的本性。
在尼維達諾喚回你之前，
儘量滿載花朵和芬芳回來。
你必須將自己的佛性從核心散播到四周，
無論行住坐臥、一言一行、還是靜默，
始終記住自己是佛，
這是轉化最可能發生的時候，
從必死到不朽，從虛妄到真實。

三

回來，但像個佛一樣，
不慌不忙，從容地、寧靜地回來。
稍坐片刻，凝聚你有過的境界、走過的路，
你會不斷循著這條足跡邁進，
足跡愈深，你的佛性就會愈清晰。
我不要人們變成佛教徒，我要每個人都成佛。

這樣可以嗎？瑪尼莎。
是的，鍾愛的師父。
我們可以慶祝歡聚於此的諸佛嗎？
是的，鍾愛的師父。

第五章

宇宙的核心

你的存在的核心就是整個宇宙的核心，
那是唯一的神龕、唯一的廟堂；
入口就在你存在的最核心處，
你只是外圍的部分。

鍾愛的師父：

有一次南泉準備帶兩名弟子去拜見一位國師。正要出發之際，南泉在地上畫了一個圓，說：「馬上回答正確的答案，我們就要出發了。」

此時一位門徒坐到圓裡頭，另一位門徒則像個女人一樣膜拜他。南泉說：「這麼看來，我們不必去了。」

（原文：馬祖法嗣南泉、歸宗、麻穀，同去禮拜忠國師，至中路，南泉於地上畫一圓相云：『道得即去。』歸宗於圓相中坐，宛如圓相歸宗如來，麻穀即合掌問訊，作女人拜。南泉云：『恁麼則不去也。』——節自《碧巖錄》卷七）

另一則公案，有一天南泉正在洗衣服，正巧有一名和尚經過。這名和尚看到南泉沈浸其中，很驚訝地說：「師父，你還沒擺脫『這個』嗎？」南泉舉起溼答答的衣服，論道：「對『這個』你又能如何？」

（原文：師洗衣次，僧問：「和尚猶有這箇在。」師拈起衣曰：「爭奈這箇何！」
——節自《五燈會元》卷二）

瑪尼莎，在進入你帶來的經文之前，我必須介紹雅維芭瓦替諸神博物館所帶來的新訪客。這座博物館將為世人證明人類向來是精神錯亂的。人一直在崇拜動物、殺害人類。這種極為愚蠢的行為只會被後人恥笑，他們絕對無法了解怎麼會有這種事。

從前的澳大利亞白人幾乎殺光了所有澳大利亞的原住民，他們稱之為狩獵，就好像獵取野獸一樣，只是對象換成人類。狩獵一天之後，這些白人還會互較長短、看誰的成績比較好。這些人完全不知道自己有多麼變態。

動物的下場也同樣悽慘，人類一方面崇拜動物，另一方面使許多動物滅種。那裡曾有數千種動物，因為人類的獵取和屠殺，原先為數眾多的動物甚至已經絕跡；世界本來可以更有生氣、更豐富多彩，但牠們已瀕臨絕種，我們的雙手沾滿了血腥。

就在二十年前，全世界僅剩下四隻白色的獅子。印度有一個小城叫做雷瓦（Rewa），那裡有一位納蘭德拉教授——他曾經邀請我去演講。那裡曾有數千隻白色、純白色的獅子，莊嚴無比。當時只剩下四隻，現在聽說又死了兩隻，其餘兩隻也早晚不保。僅剩的兩隻是公的，所以不可能再繁衍後代。許多動物都會漸漸滅種。

這種獅子原本是印度的國家動物，但是我們的殺戮使牠們幾乎絕了種。所以印度國會必須作出改變，改用老虎為印度的國家動物，但是老虎無法和獅子相提並論，任何動物都無法與獅子的雄偉、權威和力量比擬，牠們生活在深山、森林裡頭，對人們根本沒任何傷害就被趕盡殺絕。

雅維芭瓦為我們帶來了老虎和獅子，我會給牠們下一些注腳。

關於老虎的注腳：「在河內，老虎被當作神一樣崇拜；在蘇門答臘，老虎被當成已逝者的歸宿。

在許多國家，許多迷信和信仰圍繞在老虎四周。在米劄普（Mirzapur：位於印度北部）、巴格斯瓦（Bagheswar：位於印度北部），據說棲息在貝拿樹上的虎神會在夜裡化為人，呼喚人們的名字，千萬別答話，否則會生病。在希臘，狄奧尼修斯（Dionysius）的座車就是老虎拖的。在日本，老虎代表勇氣；在尼泊爾還有著名的巴格加特拉（Bagh Jatra）——也就是老虎節，信徒會打扮成老虎跳舞慶祝。在印度，破壞女神杜嘉（Durga）騎在老虎上，破壞神濕婆有時也會身披虎皮。印度還有一種信仰：曾經殺過老虎的土地會貧瘠歉收；老虎的牙、爪和鬚被當成護身符，能辟邪。

在中國，老虎是萬獸之王，陸生動物之神。有時拿來形容權威、勇氣，保家衛國的英勇、大無畏力量。」

如果你仔細看，老虎和獅子確實是心理上崇拜的象徵。老虎和獅子的崇拜只是在崇拜權力——就好像對金錢的崇拜一樣。印度每年都有節慶——迪瓦力（Deepavali）、萬燈節（譯注：又稱屠妖節），金錢在這裡被當作神崇拜……崇拜鈔票和銅板！我們竟然還說這是一群聰明人！這些凡夫俗子在崇拜錢……因為如果崇拜錢，那麼女財神拉克斯米（Laxmi）就會在你家撒下大筆、大筆的金錢。但這種事從沒發生過，錢既沒有長在樹上，也沒有從你家屋頂撒下來，但這種節慶還是年年持續著。

從小我就反對崇拜金錢，我說那是極端變態的，連三歲小孩都看得出來。金錢是死的，只是種交換物品的手段，沒有半點神性。但人們深怕不崇拜金錢就不受拉克斯米的眷顧，說不定她真的來了，只因為你沒有拜請她。

我曾問父親：「你聽過她來散財的事實嗎？只要一次就能說服我。」

他說：「這我無話可說，因為從沒發生過。」

但在對金錢的貪婪與欲望的驅使下，錢甚至成了神——這種東西是死的，毫無意義；獅子和老虎的例子也如出一轍，只不過是力量和權力的展現。每個人都渴望擁有權力：支配他人、成為首相、總統，國王或皇后的權力，所有人的內在都潛藏著征服世界的欲望。

病的不僅是亞歷山大大帝，每個人都病了。

亞歷山大大帝只是蠢得將病態付諸實行，而絕大多數的亞歷山大則是按捺著，但征服世界的欲望依舊存在。

亞歷山大遠征印度，途中遇到希臘史上最美的人：戴奧真尼斯（Diogenes）。戴奧真尼斯問亞歷山大：「你征服世界後要做什麼？讓我們就此討論一下：就算你真的征服世界，之後你要幹嘛？」

亞歷山大說：「我從沒想過這個問題，先假設到時要放鬆、休息好了。」

當時戴奧真尼斯正全身赤裸，在河畔享受日光浴，他笑著說：「若要在殺了無數人、征服世界之後才能放鬆的話，那何不現在就放鬆？河畔寬敞得很，夠我們倘徉了，這會讓你很快活的。」

亞歷山大受到空前的震撼，因為頭一次有人用這種態度對他說話。但是他不得不承認：「你說的對，如果只是為了放鬆而征服世界，那何不現在就放鬆？誰曉得我能否征服世界？」

他果然沒有實現征服世界的野心。他從印度邊境、信度河（Sindhu）畔回返時，當時他正與波羅斯（Poras）王打仗，他是個非常勇敢、正直的人，那個富人性的輝煌時代，他可以說是典型人物。

亞歷山大知道波羅斯不好對付，便施詭計、派他的皇后去見波羅斯。那個月份正值沙旺（sawan），這個期間，印度婦女會在兄弟的手上繫線作為信物，這是名為拉克沙班丹（raksha bandhan）的習俗。那信物提醒兄弟不計代價、即使犧牲性命也要保護自己的姐妹，因為那是承諾。為波羅斯繫上線後，她說：「你知道我是誰嗎？我是你的敵人亞歷山大的妻子，他正搭營在對岸。要記得你手上繫的信物，無論如何都不能讓我變成寡婦。」

波羅斯應允了，這個計謀令人不解。當兩軍對戰時，亞歷山大的馬中了波羅斯的矛，跌倒在地，波羅斯逮到機會，從他所騎的象跳下，把矛刺往亞歷山大的胸前，此刻正好看到腕際的信物，於是就住手。亞歷山大問他：「怎麼回事？」

他說：「我對你的妻子有承諾，她是我的姐妹，所以我不能殺你。」

因此亞歷山大贏了，但這算不上勝利，純粹是詭計罷了。看到波羅斯的表現，亞歷山大不敢進一步遠征印度，因為他必須面對更多勇敢的、偉大的戰士，而印度是這麼遼闊的大陸，所以他折返了。世界並沒有被他征服，而且很湊巧，他和戴奧真尼斯竟然死於同一天。

於是有了一則很美的傳說，這個傳說不能說是事實，但絕對是真理。永遠要分清楚事實與真理：事實不是真理的必要條件，即使虛構的東西也能是真理。

故事是說：這兩個人在凡間與天堂的分界河相遇，亞歷山大全身赤裸地站在前頭——因為人死了，什麼都帶不走，空餘一堆屍骨。此時後面赫然傳來一陣渾厚的笑聲，他轉頭一看、大吃一驚，心想：「天啊！竟然是戴奧真尼斯！」

但是為了面子，他對戴奧真尼斯說：「太巧了，帝王竟然在天堂與凡間的邊境遇到乞丐！」他繼續說：「我就是帝王，而你是乞丐。」

戴奧真尼斯說：「你說的完全正確，只是有一些誤解。在我前面的那個人是乞丐，你後面的那個人才是帝王。我就像當初在凡間一樣自由，既無財產、也無權力、聲望，只是完全自在地享受生命，根本不在乎人們的褒貶。你關心的是征服世界，所以你必須妥協、必須讓步，必須陰險狡猾。你在世間是乞丐，現在還是乞丐；我在世間就是帝王，也沒人挑釁我的帝王狀態。而且我告訴你——你忘了嗎？你或許不能征服世界，因此根本無法休息、放鬆。現在，你要怎麼說？」

亞歷山大說：「抱歉，我太狂妄了。如果當初聽你的話、在你身旁放下一切，那至少可以過個幾年的喜悅、寧靜、靜心、和平、愛的生活，但我並沒有聽你的話。」

有無數通往權力、政治、金錢、知識以及一切的路，一個人可以藉此彰顯他的不同凡響。

崇拜老虎與獅子的象徵背後的心理就是崇拜權力，所以人一面崇拜牠們、一面屠殺牠們。我曾經是包納加爾番王（Maharaja of Bhavnagar）的座上客，他帶我參觀他的豪宅。我見到了整棟豪宅的牆上掛滿了獅子的頭、走廊裡都是獅子的標本，於是我問：「這些是誰做的？」他說：「我父親是偉大的獵人，在印度，他殺過的獅子無人能出其右。」

我說：「你稱那為打獵，但若是獅子殺了你父親，那你會怎麼說？你會稱之為災難、而不是打獵。而且這算什麼狩獵？坐在遠方的高樹上，用槍射殺那些手無寸鐵的動物……那只是在享受殺戮！」

我告訴那番王：「你父親一定瘋了，你還要繼續這種瘋狂嗎？這些東西是會遺傳的，我在你眼中看到你對這些愚蠢甚感驕傲，好像你父親對人類有什麼貢獻似的。這些美好的動物沒有必要地被殘殺，你卻是劊子手的兒子，你應該感到慚愧。」

關於獅子的注腳：

「世人普遍認為獅子是萬獸之王，有幾個國家還將他視為太陽的象徵，象徵了破壞者。獅子在巴貝克（Baalbek，位於黎巴嫩）還被當成神崇拜，犢牛被當成祭品，奉獻者會在一旁觀賞獅子將祭品活活吃掉、並歌頌獅子。波斯的光明神彌特拉斯（Mithras）身旁總伴隨了一頭獅子；阿拉伯則有獅神雅各胡特（Yaghuth）；埃及有獅頭神賽克邁特（Sekhmet），還有古老的埃及半獅身的神阿彌特（Ammit），據說他會吞噬罪人的靈魂。

現代非洲的巴隆達斯（Balondas）一帶還有獅子的偶像，是以泥土覆上草做成的，人們會在偶像前祭祀、擊鼓以驅病。在印度，毗濕奴神（Vishnu）的第四個化身就是半獅半人的那羅辛哈（Narasinha）。」

知道人類的行為是多麼無意識是好的，知道這些能使自己的生命免掉許多醜陋，使能量可以走向更優雅、更有愛、更慈悲面向。

雅維芭瓦，把你的老虎和獅子帶進來吧！

（雅維芭瓦和阿南多進了佛堂，隨即跳起舞來。）

經文說——

有一次南泉準備帶兩名弟子去拜見一位國師。

那個時代——尤其是日本——會宣布某位禪師為禪宗國師。師父有許多位，但國師則長住在皇宮裡，而每一位師父都會去參見國師。國師大都是備受崇敬的長老，能幫助許多人悟道的師父。悟道的南泉正帶著兩名弟子去參見國師。

正要出發之際——南泉就是這樣在下功夫的，這是他獨有的手法。

正要出發之際，南泉在地上畫了一個圓，說：「馬上回答正確的答案，我們就要出發了。」此時一位門徒坐到圓裡頭，另一位門徒則像個女人一樣膜拜他。

南泉說：「這麼看來，我們不必去了。」

其實他並沒有打算去那裡，他只是用此特殊的方式對弟子下功夫，而弟子的回答也是絕妙的。先是一名弟子坐到圓圈之中，你的存在的核心就是整個宇宙的核心，那是唯一的神龕、唯一的廟堂；入口就在你存在的最核心處，你只是外圍的部分。

另一名弟子則向坐在圓心的弟子膜拜。日本婦女的舉止很優雅，男人則不被期待這麼優雅，但女人則受到很大的期待。因此另一名弟子則像女人般膜拜，很優雅地頂禮坐在圓心的弟子；他也顯現了某些洞見：除非你向什麼都不是的存在核心頂禮，極其謙卑、平靜、全然、敬愛、接受，以所有屬於女人的品質頂禮，否則永遠到不了自己的核心。

看到這樣，南泉就說：「這麼看來，我們不必去了。」

參訪的行程取消了，因為他們兩人完全了解宗教品質該如何達成。

另一則公案，有一天南泉正在洗衣服，正巧有一名和尚經過。這名和尚看到南泉沈浸其中，所以很驚訝地說：「師父，你還沒擺脫『這個』嗎？」

「這個」（this）對喬達摩佛的同道人有特別的意義，喬達摩佛強調事物的「如是」（thisness）。你會抱怨自己年紀老去，但佛陀會說：「不必抱怨，事情自然如此。」

就算你正要死去，佛陀也不會有半點惻隱之心，反倒會展現他的了解。他會對你說：「別擔心，平靜地死吧！有生就有死。從容地接納死亡、沒有遺恨、沒有怨言，生命不該有任何怨恨，死亡亦然。」他用真如（tathata）這個字彙，英文可以翻譯成如是（thisness）或如實（suchness）。生命本來如此，或說這就是生命的方式，沒什麼好抱怨的，你不可能違逆生命的流向，只能隨著漂流。如是、如實是正道，是領悟者之道。

儘管有一名和尚從面前經過，但南泉還是洗著他的衣服，這和尚看到他沉浸在這麼平凡的行動裡——一位有千百名門徒的大師竟然在洗衣服——所以很驚訝地說：「師父，你還沒擺脫『這個』嗎？」南泉總是能為任何情境帶來莫大的洞見。這和尚對洗衣這件事說：「你不應該再做這些小事，難道沒人能幫你嗎？」但南泉隨即轉化了「這個」這個字眼。

南泉舉起溼答答的衣服，論道：「對『這個』你又能如何？」

這段插曲本來和洗衣有關，但現在完全變調了，變成一個「如是」的問題。你無法對「這個」做什麼，「這個」意謂著當下（the present moment）。你可以思考過去，所以過去可能會走樣；你也可以思考未來、思考未來應該的樣子，但你對當下能怎麼樣？你能對它做什麼？唯一能對當下做的事只有：靜默與觀照，這是當下唯一容得下的東西。

觀照完全契合當下，你可以在當下觀照。南泉師父是說：「我洗著衣服、同時觀照著。除此之外，你還能對當下做什麼？」其次，他也表明、引進一種新的面向，我稱之轉捩點——禪門的和尚也要工作。「一天沒做事，另一天就不吃飯；今天做事，明天就可以吃飯。」

這是很新的作風，所以觸怒了社會，因為和尚總有人供養食物、衣服與其他設備，南泉認為和尚不一定要托缽乞食。他有非常革命性的品質，佛教的僧侶會隨身帶著缽，南泉則規定他的和尚丟掉所有的缽，所以他的道場裡沒有缽，因為他的道場只有皇帝、沒有乞丐！

「有辦法解決，我們的需要很簡單：一、兩杯茶，米飯，而道場四周的腹地也夠大，只需工作三、四個鐘頭就能自給自足，還能化工作為靜心。工作的時候要很全然、忘掉整個世界，只剩下工作，連你也不在，連你都消失、忘記了，深深浸淫在工作中，使工作變成偉大的靜心、偉大的轉化。」

這就是他帶來的新作風。佛陀帶來靜坐與步行靜心，因為成天靜坐是不可能的，你的骨頭會痛，因此他說一小時靜坐、一小時步行的靜心，這能平衡靜心者的身體健康。

南泉主張：幾個鐘頭的靜坐靜心與幾個鐘頭的工作靜心，他不用步行靜心，因為有勞務還需要步行嗎？工作就能給你足夠的運動，還帶來作物的收穫，能使桑雅士改頭換面：桑雅士不該是社會的寄生蟲，應該自給自足。

他已預見未來問題的嚴重性。幾年前，泰國政府立法規定，沒有政府的允許不准出家為僧，泰國的僧侶數量已經高達四人中就有一人是和尚，因此另外三人便要負擔這個人的生計，所以快要吃不飽了。泰國是個窮國家，但和尚什麼也不做，對社會毫無貢獻又要求一切供養，要求尊敬、榮譽。

南泉勢必洞悉遠東地區的僧侶在增加的趨勢，這些人很快就會遍布整個社會，到時候就不可能供養他們，僧侶也會失去所有聲望，變得近乎乞丐。他的遠見完全正確，這確實是許多佛教國家的狀況。

這段小插曲不僅彰顯了如是的概念，也表明：「我必須工作，我的悟道並不重要，為了糊口，我還是要洗衣、下田幹活。」

他很老的時候還是堅持工作，弟子很擔心年邁體虛的他，於是有一次將他幹活的工具藏起來，當天找不到工具的南泉便終日不食，所以弟子不得不將工具交還。他一直工作到生命的最終一刻。他提升了工作的價值，也提升了桑雅士的聲望。他帶來許多違反傳統、與傳統對立的新觀念。

這番先見之明最後證明是成功的，因為一個悟道者能清晰、敏銳地感知遙遠的未來，所以想替未來準備，便要從現在開始。

我想起一位蘇菲神祕家，他在花園裡工作。當時的他已經活了一百二十歲，很老，幾乎快做古了，但還是在花園裡工作。當時的國王會天天微服出巡，視察城裡的情形。他很關心地看著這個老人，全國最老的人瑞，還在田裡、花園裡幹活。

國王抗拒不了誘惑，這花園有近四百年樹齡的雪松，這個老園丁又那麼優美，正在種植新的雪松樹苗。國王忍不住了，於是下馬，趨前去問那老人：「請問你幾歲了？」

老人說：「幾歲？有人說我將近一百二十歲，但我從沒算過，可能更多、也可能更少。你為什麼問？」

國王說：「因為你可能見不到你種的樹長大。你種的這些樹也許要四、五十年才能開花結果，到時你已不在人世。但你又成天忙個不停，我實在搞不懂。」

那老人說：「你會了解的。如果我的祖先沒種下這些他們見不到百花盛開的樹，那我就見不到它們了，也享受不到這些樹的果實，看不到這些四百年、美妙雄偉的參天古木。如果祖先沒種下它們，我就享受不到它們的樹蔭、美好與壯麗。這樣你了解嗎？還是需要更多的說明？」

國王虛心地說：「我了解了，想要洞悉未來就要從此刻開始，勿失良機。」

石霜有一首詩：

很高興在這些山裡的村落與海邊的城鎮遇上好伴侶，
一群漁夫不斷進出我的寮房。
自從不再堅持這種誘捕的方式之後，
我就不想再背叛那些活在危險邊緣的魚兒。

這是說石霜住在漁村、湖邊的小屋，每當他去湖邊，湖裡的數以百計的魚兒就會來迎接他，好像聖方濟（Saint Francis of Assisi；譯注：約西元一一八一～一二二六年，視蟲蟻鳥獸為兄弟姐妹的義大利天主教神祕家）一樣。他在詩中說，自從不再堅持這種誘捕方式之後，就不想再背叛那些活在危險邊緣的魚兒。從前那些接近他的魚兒總像活在虎口一樣，但只要心中充滿愛，你的存在若毫無暴力，那麼就算草木也會了解，蟲蟻鳥獸也會了解。

你若深入了解，將之視為一種隱喻，那麼每一位師父也有千百名冒著生命危險的人在接近他，但是只有師父散發了他的信任，流露了愛，唯有當你見到師父的眼裡只有純淨無染的觀照時，這才可能。否則你無法靠近他，你會保持距離，因為誰知道他會不會騙你，矇蔽你。

但對一個真正的師父而言，這不是一個心理上的辨別問題，而是只要你一遇到真師父時，你的心就會莫名地舞動。別人看不到，只有你會覺得自己的心有了完全不同的能量、進入一種全然不同的境界，有種全新的芬芳吸引了你。

那是真的，當你愈靠近師父，你就會愈覺得所謂的人格在消逝，只剩下那個真實與自然的、那個與生俱來的，沒有社會加諸給你的東西。

那是真的，師父是一種死而復生。與師父遭遇有如被火淬煉、去偽存真。所以只有很勇敢的人才敢走近師父。

瑪尼莎問：「鍾愛的師父，一位真師父有可能背叛他的門徒嗎？」

瑪尼莎，那是可能的。如果真師父覺得背叛能夠幫助他，那他就會背叛，真師父會不擇手段地幫助門徒。那有點難以想像，瑪尼莎也想不到我會這麼回答——但真師父什麼都做得出來。他若覺得背叛有助你的靈性成長，他就可能背叛，這是唯一的理由。

首先，師父沒有義務效忠你，因為背叛的先決條件是承諾。真師父從不會給承諾，也不會強迫你承諾什麼，因為任何承諾都是一種靈性上的奴役。師父不會強迫門徒、也不會強迫他自己承諾，而是以道侶相待、親近。或許師父略微領先，但這不表示你比較卑微、他比較崇高。

任何有尊卑想法的人根本不可能是師父，他只是用不同的方式展現他的自我，無異於隨處可見的自我戲碼。一個真師父則擺脫了自我戲碼，因此問題在是否臣服於師父，而非承諾與否。

你問：一位真師父有可能背叛他的門徒嗎？因此我更要說：一個門徒不可能背叛一位真師父，因為他們之間並沒有承諾……我們只是走在同一條道路上。

有時候你會覺得想走不同的路，此時真師父只會祝福你，而且向你保證若有任何困難的話：「我的門永遠敞開，你可以四處探索，整個宇宙都是我們的空間，許多途徑都能到達真理。所以如果你有一種換方向的欲望，你可以離開我，完全不用認為這是背叛我，不必有罪惡感，因為一開始就沒有任何承諾。」

很明顯的，就師父而言，他何必給門徒承諾？有必要嗎？他已經有了，門徒所探尋的——他已經找到了。

這使我想起喬達摩佛的一則很美的傳說。

佛陀有名弟子叫曼殊師利（Manjushri），他總是坐在一棵樹下。佛陀或許就要說法，但他也不會起身前往禮堂聞法。人們不斷要求他：「曼殊師利，你是個智者，如果你棄俗來追隨喬達摩佛，那你是承諾喬達摩佛還是這棵樹？他在說法，而你卻坐在這裡？」他大都一笑置之、不說一句。

後來他說：「何不去問喬達摩佛？我知道的、他也知道。」

那些人不解箇中奧妙，於是問了喬達摩佛：「為何曼殊師利一直坐在那棵樹下？你會周遊四處，但他還是在原地不動。」

佛陀說：「他已經找到了，所以沒有要到哪兒去的問題。在他裡頭的一切都已經沈靜下來，那是絕美的。你們只見到外在的他坐在樹下，卻沒看見無數花朵從樹上灑向他。曼殊師利浸淫在他的悟道中。」

「但你們從沒問說佛陀怎麼都沒要他來，你們可以想想是什麼道理。要警覺一點，我也知道他坐在樹下，沒有來講堂。沒有必要，因為他已經找到了。現在的他是自在解脫的，要坐在樹下或到哪兒都行，而且我和他也沒有任何承諾。」

一位真師父不會承諾弟子、也不會要弟子承諾什麼，這是百分之九十九點九的情形，剩下的百分之零點一就是那種背叛門徒的狀況：假使他覺得、了解到背叛或許有助門徒成長，或許能使門徒更自由、更獨立。有這個可能，沒有什麼是不可能的，不過他始終是為了造福門徒。

現在來點嚴肅的，向獅子與老虎致敬……

駝背的老葛快退休了，他已經替三位一體大教堂敲了四十年的鐘，現在已經老到爬不上鐘塔去敲鐘。他在報上刊了徵人啟事，隔天就來了一名也是駝背的人。

「我來應徵工作。」那駝背的年輕人說。於是兩人開始爬上高聳的鐘塔。

「這份活兒很辛苦，」老葛喘吁吁地說，「你看！」老葛轉身往後跑，隨即轉身、全速衝向鐘索，凌空跳躍了二十英尺遠、攀住鐘索、猛烈搖晃，敲響這座龐大、如雷貫耳的巨鐘——鏘！鏘！鏘！

那駝背的小夥子在一旁看得躍躍欲試，他也往後跑，然後快速衝向鐘索，凌空躍起二十英尺遠，但沒有攀住繩子、只是迎面撞上鐘，小小地「叮」了一聲。

「等等！」駝背小夥子拍去身上的灰塵說，「我再試一次！」

隨後又在空中躍了二十英尺，不過又沒勾住繩子、迎面撞了一次鐘——叮！

「等等！再來一次！」鼻青臉腫的駝背小夥子口沫橫飛地說著。

這次他跑到鐘塔最遠的角落，使盡全力衝往鐘索，凌空躍起了三十英尺遠，但還是沒攀住繩子，而且竟飛出窗外、掉在兩百英尺下的街道上。

老葛往下一瞧，見到一些人圍觀地面上的一小灘汙漬。「嘿！大家注意！」員警嚷著，「有誰認識這傢伙？」

「哦！我不認識他，」此時老葛在上頭喊著，「不過他用臉敲了鐘就是了！」

＊　＊　＊

「你怎麼會說我心不在焉？」隆那．雷根眨著眼睛對餐桌對面的南茜．雷根這麼說，

那時他正望著吐司、卻將奶油抹在自己的領帶上。

「嗯！小隆，」南茜問他，「可否解釋為何昨天你去見戈巴契夫先生時，竟忘了穿褲

子？」

「什麼先生？有嗎？」雷根抓了抓頭，「太奇怪了！我竟然完全記不得做過什麼事。其實我只記不得三件事：名字、臉……然後第三件事是什麼？我不記得了！」

＊　＊　＊

薇波（Wimple：修女的頭巾）女士是貝丁頓（Bedding Down：寄宿）大學的女校長，這是一所女學生必須全部住校的大學。她正在對畢業班的同學進行最後一次演講。

「切記，各位女孩，」薇波女士語氣堅定地說，「要保持自己身心的健康與清白。進入成年就要負新的責任，愛是建立一個家庭的礎石，所以不要放浪自己、縱情性慾。性只會帶來危險，歡樂轉瞬即逝。放掉優雅與責任也許會染病或懷孕……何必呢？爽一個鐘頭卻要付上這些代價？」

這時背後突然有人大叫說：「連續爽一個鐘頭！你是怎麼辦到的？」

尼維達諾……

鼓聲

亂語

尼維達諾……

靜下來，閉上眼睛，
感覺身體完全靜止。
現在，極其殷切地往內看，
彷佛是生命中的最後一刻。

一定要這麼殷切，
如此才能抵達你存在的核心。
愈來愈深入，像支矛一樣射向你存在的核心，
那是生命的源頭。
在存在的核心，每個人都是佛；
當你抵達那核心時，
你會感覺佛性布滿你的意識、感到莫大的喜悅。
無數的花朵開始灑落在你身上，
和煦、寧靜、喜樂、深深的狂喜……
就是觀照一切。
你正在深入生命的最大奧祕，
讓祂愈來愈清晰。

放鬆，
你不是身體，也不是頭腦，
你只是觀照。
這觀照就是轉捩點，
你能從此觀照進入整體、進入永恆，
這扇門通往一切崇高的——真、善、美
——真、神、美（satyam，shivam，sundram）。
有那麼多花、芬芳、光輝，

盡可能滿載而歸，你要將佛帶回來。
慢慢地，你必須無時無刻是個佛：
不是好像佛，而是真的佛，
記住那份優雅、那份愛、慈悲，
記住那份完整的和諧，始終安住在中間、中道。
觀照使這一切得以實現。
今夜已經很美，但你們的在，
你們的寧靜，觀照，你們的水乳交融……
使這個佛堂不再是一萬個個人，
它已經成了一座意識之湖。
分際的消失就是最大的喜悅，
融入宇宙就是最璀璨的。
在喚回你之前，仔細端詳你到過的境界，
因為你會一而再、再而三地造訪。
留心看你走過的、這條從邊緣通往核心的路，你也會從同樣的路再回來。
這是條小路，只有一步之距，
但這一小步是那樣一個奇蹟！
平凡變成不凡，
凡夫成了佛。

三

回來，但像個佛一樣回來，
沒有絲毫恐懼，也沒有絲毫懷疑，
這個佛是你本來的自己。
靜坐片刻，再次凝聚你所經歷過的，
然後將它活出來，活在你的行住坐臥，
活在你的話語、寧靜中。

這樣可以嗎？瑪尼莎。

是的，鍾愛的師父。

我們可以慶祝這裡的一萬尊佛嗎？

是的，鍾愛的師父。

第六章

嚴肅，不堪一擊

不需嚴肅地看待存在，
嚴肅看待生命的人錯失了嬉戲之美。
只要愈來愈深入意識，
你就會遇見愛，遇見慈悲、真理、自由。

鍾愛的師父：

有一則公案說，南泉對趙州（Joshu，譯注：趙州從稔禪師，西元七七八～八九七年）說：「時下的人最好跟與我們不同類的眾生一起生活、工作。」

趙州說：「先別管『不同』的問題，我問你什麼是『類』？」

南泉隨即兩手著地。

趙州則走到他的背後，將南泉踏倒在地，然後跑進涅槃堂裡，叫著：「真後悔！真後悔！」

於是南泉要侍者去問趙州在後悔什麼，趙州說：「我後悔剛才沒踩他兩次。」

（原文：泉曰：「今時人，須向異類中行始得。」師曰：「異即不問，如何是類？」泉以兩手拓地，師近前一踏，踏倒。卻向涅槃堂裡叫曰：「悔！悔！」泉令侍者問：「悔箇甚麼？」師：「悔不更與兩踏。」——節自《五燈會元》卷四）

只有禪具有好玩的、嬉笑的宗教態度，即使是偉大的師父也會在言行上互相戲弄，但這些遊戲總在暗示永恆的和終極的。你會在他們的笑聲背後發現很大的平靜與和諧，他們的笑並非歇斯底里的。

你必須了解這兩種笑的差別。歇斯底里的笑是你無法停止的，你被它占據了；而非歇斯底里的笑則是你願意的、你同意的笑。當尼維達諾敲響一個停止的鼓聲時，你就會停下來，但一個歇斯底里的人則停不下來，他辦不到。一個健全的笑是你完全能掌控的。

其次，禪師會以相互戲弄的方式暗示無法言說的事物，這些絕美莊嚴的小公案被傳頌了千百年。這些並非笑話，當西方的基督教傳教士初次接觸到禪，還以為這些公案是某種笑話，無法想像是在傳遞真理。

這是一則南泉與趙州的公案，無數門徒都承認這兩人是佛，而且這並不是一則非凡的事件，只是日常生活裡的點滴。他們的道場在山裡頭，距離很近，因此師父們可以拜訪彼此。

他們的嬉鬧徹底證明了一件事：不需嚴肅地看待存在。那些嚴肅看待存在的人的心理有病；存在應該被好玩、喜悅地對待。存在只會對那些喜悅、玩笑以待的人敞開奧祕。

這則公案說：

南泉對趙州說：「時下的人最好跟與我們不同類的眾生一起生活、工作。」

他是說人們變得太嚴肅了，失去了嬉戲的品質，過度知識化、失去了天真。因此最好與別的眾生——花草樹木、蟲蟻鳥獸——相處，把整個宇宙視為你的鄰里，不是只有走岔路的人類而已。

玫瑰花始終以本來的樣子存在，她並沒有被時間所影響。南泉是說時候到了，禪門弟子是該花更多時間親近花草樹木、蟲蟻鳥獸。

這一段話極具意義，他是說也許你能從人類以外的生命學會存在的奧祕，因為它們依然與存在和諧一致，依然是存在的一份子，不曾與存在分道揚鑣。

人類想以自我的努力脫離存在，像羅素（Bertrand Russell）這樣的人竟也寫了名為《征服自然》（*The Conquest of Nature*）的書。就是征服自然這種概念使你脫離自然，使你與自然為敵。但肯定的是，自然是浩瀚無垠的。

其次，你也是自然的一部分，若自然不再配合你，你勢必會死。自然無時無刻在支援你：給你空氣呼吸、給你食物，提供你一切所需，所以怎麼可能有征服自然這種事？但沒人反對羅素的書，因為那就是現代人的心智狀態：征服，征服月球、征服火星，征服各式各樣的事物。

沒人想過我們是存在的一份子：因此何不放鬆地與之同在，自在地與之共處？這種衝突有必要嗎？任何衝突都會擊垮你，因為你那麼渺小，存在那麼浩瀚。你能活多久？七十年、八十年？但你竟想征服無始以來就在那裡，而且會一直存在下去的自然？你就像自古以來無數的人一樣來了又去，連個腳印、甚至影子都沒有。

我曾問我父親：「我只知道祖父、曾祖父的名字，此外，你還知道多少祖先的名字？」

「頂多再一個，再來就不曉得我們身上流的是哪些人的血了！」

我們頂多記得四、五個世代的事情，再來就是一片巨大的空白，而所有曾出現在世上的、極度憂心、焦慮、煩惱、爭鬥的人也如過眼雲煙，彷彿不曾存在似的。

禪不會很嚴肅地看待生命，而是好玩地看待，有若孩提時在海邊嬉戲，拾貝殼、撿五顏六色的石子、築沙堡，我們的生命不過如此，完全沒什麼好嚴肅的。

我記得：有一次喬達摩佛去了一個村子，村邊有條河，幾個小孩在河畔築沙堡，但是態度很嚴肅，如果有小孩弄亂了別人的沙堡……沙堡是不堪一擊的，只要丟個石頭就毀了——他們就會生氣、對罵。佛陀就站在那裡看著。後來太陽下山，孩子們的母親在家門口喚著：「回家吧！該吃晚飯囉！」於是一行人把先前不准他人破壞、引起爭執的沙堡一一推倒，毫不眷戀地回家去。

佛陀對身旁的弟子說：「生命不過如此。」

你們的嚴肅正如沙灘上的城堡，終有一天要推倒它們、頭也不回地離開。嚴肅看待生命的人錯失了嬉戲之美。

公案說：

南泉對趙州說：「時下的人……」

但遠古時代並非如此。

有很多無法確認真假的故事，那些故事記載著人了解動物的語言，了解草木的語言。當時的人類尚未脫離自然世界，他們只是比別的眾生多一點意識而已，人們沒有衝突、喜悅地活著，也喜悅地死去，他只是個波浪——即使是滿潮也會消逝，有生就有滅。所以何必嚴肅？許多經典中——如伊索寓言——都沒有人類、只有動物存在，不過這些動物都是很典型的代表。

有則小寓言，一隻很年輕的山羊在喝山澗水時被一隻獅子盯上，獅子心想，馬上就有一頓豐盛的早餐了，但一定要有理由，不能直接就撲向山羊，必須先找個行動的理由。

於是牠說：「聽著，你父親非常敬重我。」

小山羊問：「什麼時候的事？」

牠說：「就在昨天。」

小山羊說：「你誤會了吧！我父親半年前就死了。」

獅子非常生氣，因為牠的理由不成立。接著牠說：「你弄髒了我要喝的水！一點都不尊敬身為萬獸之王的我！」

可憐的小山羊說：「你看，我站在溪流的下游，而你站在上游，這怎麼會弄髒？溪水往下流又不是流向你。是你污染了溪水，不過你有權這麼做。」

山羊說的沒錯，這時淪為笑柄的獅子一股腦兒撲向山羊說：「你一點禮貌、規矩都沒有！竟然敢在長者面前放肆！」於是可憐的山羊成了牠的大餐，然而這些理由都……

每一則伊索寓言都彰顯了人性，這些寓言講的全是人類，完全與動物無關。無論你要做什麼，你一定會先替它找個理由，這個理由若無效，你就憤怒；如果其他理由還是無效，你就會徹底無理性地行動，完全忘了種種邏輯和理由，那只是一個俘虜弱者的策略。

這些故事流傳了許久，目前還無法證明真假，它們只被視為是隱喻、象徵性的，因為無法證明動物和人了解彼此的語言。但據說連草木都會說話、交流，現在的科學研究已經慢慢獲得證實，至少證實植物確實有這種現象，不過動物就很少有人研究。

動物當然比植物更有智慧，而且植物已證明能了解人類的語言——不僅如此，研究還顯示，你不必開口，它們就能猜透你的心思。

這是非常了不起的研究。科學家在植物身上安裝特殊的裝置，那是一種類似測量心跳、檢查心臟健康項目的心電圖裝置，如果心跳和諧就會出現和諧的圖形，不和諧就會出現不和諧的圖形、明顯起伏，這就是不和諧，有問題存在。

他們把同樣技術用在樹木身上，結果驚訝地發現，如果平安無事，那麼圖形就很和諧；如果他們要伐木工靠過去，樹木一看到伐木工就會立刻出現不和諧的圖形，顯示它們正擔心著、亂了陣腳。只是看到就……多麼奧妙，因為樹木並沒有眼睛可以看？不過或許有別種看的方法，或許眼睛不是人類所獨有的。

既然我們有某種眼睛，樹木一定另有察覺的途徑——不僅用看的，還能感知人的念頭，知道那人有殺意。另外還發現，如果你對伐木工說：「不要真的砍那棵樹，你只是拿著斧頭、假裝要砍它。」如果並不是真心要砍它，它的圖形便會呈現和諧狀。這足以證明樹木能夠讀人心思，人類則沒有這份能力。

實驗還發現，不只那棵將被砍伐的樹有感應，周圍的樹亦然，它們的圖形也會變得不和諧，它們是一同長大的朋友、鄰居，禍福與共、共度晴雨寒暑的夥伴就要被砍伐。因此不只是要被砍伐的樹有感應，周圍的草木也會受影響；但伐木工若無心砍樹，那麼圖形就會保持和諧。

這項實驗棒極了，證明草木有看的能力，不過尚未知道它們是怎麼看的。它們能以某種方式感知到念頭，但這對我們來說很難理解，因為我們沒有感知念頭的能力。如果它們能了解心思（mind），那麼他日若進行更深入的研究，或許就能知道它們也了解言語。何謂心思？就是你內在的言語，「我將要砍掉這棵樹。」如果它們能了解頭腦裡的心思，那就沒有理由不了解言語。

其次，如果它們能了解頭腦，也有恐懼、煩惱和焦慮的狀態，那麼它們也許會以某種方式說話，只不過我們不曉得它們的語言，或許是音頻超出我們的接收範圍。

我們只能聽見、看見特定範圍內的聲音和景象。譬如說，貓頭鷹能在夜裡看見我們看不見的東西，牠的視力範圍比我們來得大。

蛇會和笛子手一起跳舞，這是眾所周知的，尤其是在印度。問題是，科學還無法在蛇身上找到任何聽覺器官或耳朵，所以牠們要怎麼對聲音反應？牠們又聽不到！但是鍥而不捨的研究終於有了令人滿意的新看法：全身上下的皮膚就是蛇的聽覺器官。

問題不在於有沒有耳朵，耳朵其實也是皮膚，只不過是一種特殊的皮膚，眼睛也是一種特殊的皮膚。蛇用整個身體來聽，所以牠的舞姿有一種美，因為笛子不只影響它的耳朵，還影響牠的全身，而且沒有骨骼的蛇有某種彈性。不過蛇既然能透過全身的皮膚聽，那麼或許也能用同樣的方式說話，只要持續研究，應該就能找到答案。

近年來對海豚的研究很深入，研究發現海豚有一種特殊的說話方式，牠們有一套與人類完全不同的系統，牠們用的是聲納波。我們聽不到牠們的說話，儘管海裡有無數海豚……可是海豚能對數英里外的另一隻海豚說話，因為聲納波能像水波、無線電波一樣行進。

你聽不見無線電波，因為你沒有任何接收裝置。但若有一台收音機……何謂收音機？就是一種接收裝置。就在此刻，全世界有無數你聽不見的廣播無線電波在你四周穿梭，只要一台小收音機擴大其可聽範圍，你就能收聽到那些電台。

第二次世界大戰期間，有個人的耳朵中彈，取出子彈後卻發生離奇的事：他的耳朵治癒了，但卻能直接聽見當地的廣播電台。

起先沒有人相信這種事，每個人都笑著說：「你瘋了嗎？在路上直接用耳朵收聽無線電廣播？」

但是他很堅定地說：「我可以證明給你看。」

最後醫生對他進行了一些實驗，就算一圓他的願望，因為根本沒人相信這種事。於是，他們在一間房間用收音機收聽當地的電台，還有打字員在一旁記錄廣播的內容；然後將他安排在另一間沒有收音機的房間，要他將耳朵聽見的內容寫在紙上。事後比對，發現兩者的內容完全相同，發現那個人果真有這種能力。

但是他簡直快瘋了，因為他無法停止這種狀態。從早上六點到晚上十二點，都不由自主地聽見每一則廣告、每一則新聞，腦袋裡充斥了這些東西，根本無法做其他事，也無法和人說話，因為他的內在無時無刻被那些東西占據，所以最後不得不將他的耳朵全部切除。

由此看來，未來我們很可能不用收音機便能收聽廣播。只要耳朵本身稍微改變，對耳朵本身進行某些外科手術的改變，在耳垂上裝個按鈕當作開關——你可以決定要不要聽……這就不需要收音機。

我提這個是因為海豚以一種完全不同、我們無法了解的波長在說話，那不是噪音，而是傳達給數英里之外的海豚。海豚是世上唯一大腦比人類大的動物，所以有必要深入研究、探究其運作模式。就不同的面向、不同的層次而言，海豚的大腦當然優於人類的大腦，只是與人類的頭腦沒有交集。

所以南泉的意思是，遠古時代的人能與其他種類的眾生說話，只是時下的人完全遺忘了這些能力。他建議時下的人，尤其是探尋者，最好跟與我們不同類的眾生一起生活、工作。你可以看出當中的差異。

奧義書有一則有關青年維塔卡杜（Shwetketu）的故事，他在一所靠近森林的學府以最優秀的成績畢業，所以極為自負地返鄉。他的父親從窗戶望見兒子學成歸來。

他父親對妻子說：「他現在有了知識，連走路都一派自負、驕傲的樣子，但我們不是送他去學這個。我會再送他回去，所以等一下你別插手，不要哭哭啼啼地說：『你怎麼又要把我們的孩子送走！』」

維塔卡杜回來了，父親說：「別進家門一步！我知道你學了一切的經典，但你知道你是誰嗎？」

維塔卡杜說：「這不是我所學的一部分，我學的是四部吠陀經、奧義書全書。但關於『我是誰？』學校並沒有教。」

父親說：「那就回去找你的校長，他是個老先知，去問他這個問題。除非你學會這個，否則不要回來，因為你沒有理由回來。我活著就是要看到你領悟了自己。」

於是他退出家門，維塔卡杜受到很大的打擊、心亂如麻。原本以為會受到盛大歡迎，但現在卻變成如此奇怪的場面。於是他回去對師父說：「父親說你所教的毫無用處，你並沒有傳授我真實的東西：『我是誰？』」

師父說：「沒錯，但那是一項艱巨的任務，非常艱難。」

他說：「可是我勢在必行——否則我進不了家門！」

於是師父說：「那就這樣吧：把這裡的一百頭牛帶走，隱遁到杳無人跡的森林深處……避開人類！保持沈默、禁絕人類的語言，只要和牛群在一起。當牠們繁衍到一千頭時就把牠們帶回來。」

這個奇怪的想法不禁令維塔卡杜想：「牠們何時能繁衍到一千頭？這也許會耗去我半輩子。」不過既然師父這麼說，他就帶著那一百頭牛盡可能隱遁到森林深處、杳無人跡的地方。有一陣子，他的腦海依舊縈繞著思緒，但是你能反覆思索相同的事情多久？而且也沒有半個說話的對象。

最後他完全沈靜了下來。幾年之後，他幾乎像頭牛一樣，只是和這些牛生活在一起、睡在一起，照顧牠們，牛的世界就是他的世界，他已經把人類徹底忘了。

這故事很美，他連牛群繁衍到一千頭的事都忘了，因為這個念頭也是一種語言，甚至忘了去算牠們的數目，曼妙地進入全然的寧靜。

故事說最後終於有一頭牛忍不住說：「我已經憋不住要說話，這裡已經有一千頭牛，但你似乎全忘了。你應該帶我們回去師父的道場。」

於是維塔卡杜帶著一千頭牛回去。門徒看見遠方有一千頭牛便對師父說：「過了這麼多年，維塔卡杜終於帶著一千頭牛回來了。」

師父說：「不要再用『維塔卡杜』這個字眼，要說有一千零一頭牛回來了！」真的就是這個樣子，維塔卡杜走路和站著的樣子就好像其他的牛一樣。他什麼話也沒說，他的眼神是如此純潔、寧靜。師父將他搖一搖說：「現在擺脫你的牛性吧！你可以回去見你父親了，回去罷！」

於是他什麼也沒說，就回去見父親，他父親再次從窗戶見到他歸來便說：「天啊！這一次他真的知道了，而我竟然還不知道自己是誰！」

所以他跑出門外對妻子說：「這似乎不太恰當，因為他會向我頂禮，領悟者頂禮無知者似乎不妥，未免太尷尬了。我要走了，你好好照顧兒子。雖然老了，但我會全力以赴去領悟我自己，這或許要幾年的時間，否則我就不回來。我沒有臉面對我的兒子，他是如此優美、如此謙遜，沒有知識的染著，沒有一絲驕傲和自我——只有純然的寧靜、像一陣涼爽的和風。」

那是可能的，如果你和草木一起生活……我把我的花園交給慕克塔照顧，所以她幾乎與花園共處了二十年，現在她變得很寧靜，只有要對付弄亂花園的人時，她才會一副兇悍的樣子。尼維達諾尤其是她的死對頭，因為他一直在修建人工瀑布，需要一些工作的空間，所以弄亂那些花草，除此之外就好像沒有慕克塔這個人似的。

和草木一起生活，你會變成草木，內在最深處也會一樣寧靜……

這就是南泉所說的，

「時下的人最好跟與我們不同類的眾生一起生活、工作。」

趙州說：「先別管『不同』的問題……」

這就是師父之間所玩的遊戲，他說，「先別管『不同』的問題」，因為你必須先證明芸芸眾生之間的差異。眾生是一體的，何來不同？全宇宙是一個整體，何來不同？這分明是在分裂毫無分別的存在。就哲理上而言，他完全是對的。

南泉隨即兩手著地——就好像四腳著地的動物一樣走路，他並沒有哲學性地回答問題，也沒有討論何謂「類」，只是把手放在地上，表示存在上、哲學上確實沒有類可言，但表面上確實有差異。有的動物以四隻腳、有的動物以兩隻腳行走，有的動物走在地面，有的動物在林間跳躍。但他不以言語表達，而是以實際的樣子展現。雙手著地、變成一頭牛，就像之前維塔卡杜的故事一樣。

趙州則走到他的背後，將南泉踏倒在地，然後跑進涅槃堂裡，叫著：「真後悔！真後悔！」於是南泉要侍者去問趙州在後悔什麼，趙州說：「我後悔剛才沒踩他兩次。」

這是個不可思議的答案。他先是怪異地將南泉踩在地上，但是禪門接受這種行為，這一踩是說：「我的意識遠高在動物之上，我已經抵達意識的巔峰，但他們只是無意識的眾生，以四隻腳在地面走著。我所踏的是這個無意識。」

他踏倒的不是南泉，而是一個變成牛的姿勢，就存在上而言，他是對的。可是他又跑進涅槃堂嚷著：「真後悔！真後悔！」

南泉完全能了解他的行徑；趙州是說一個有意識、有覺知、悟道的人無法與動物有任何溝通，已經很難跟人類溝通，何況是動物？雙方的差距太大了，有如天壤之別。

南泉並不反對被踏在地上，他知道趙州是對的。但趙州為何會嚷著「真後悔！真後悔！」沒什麼好後悔的，他的回應完全正確。因此南泉要侍者去問趙州在後悔什麼：「沒理由後悔，你對這個情境的回應完全正確。」

趙州說：「我後悔剛才沒踩他兩次。」因為一次也許不足以改變門徒應該與自然、蟲蟻鳥獸共事，「只踩一次或許不夠，這就是我後悔的原因。也許兩次才夠。」南泉絲毫沒有意見，即使被踩兩次也能接受，完全沒問題。

趙州與南泉都是偉大的師父，但他們就像小孩在玩，這就是禪的特質，與其他哲學體系大異其趣。

石霜有一首詩：

百千朵花從同一枝椏綻放，
瞧！她們在我花園裡五彩繽紛的樣子。
我敞開嘎嘎作響的房門，
在風中見到春天的陽光，
她們已簇擁地來到世界。

始終要記住，禪詩的特質正如畫一般生動，別去理解，要去看。百千朵花從同一枝椏綻放，試著去看，別去理解，去想像百千朵花從同一枝椏綻放，瞧！她們在花園裡五彩繽紛的樣子。我敞開嘎嘎作響的房門，在風中見到春天的陽光，她們已簇擁地來到世界。

在別的文字世界裡的詩必須被了解，但禪詩必須用看的、必須被形象化；禪詩只是創造出一種花朵、色彩、光線的畫境。你若能靜靜地想像，或許就能嗅到花香、感到陽光的溫暖，你創造出來的禪詩世界依你的強度、全然的程度而定。

只要拋掉凡事口頭講講的舊觀念，那是截然不同的形象化方式，不然詩就沒有太多內容；只是言語化的詩並沒有太多東西。世上的大詩人如過江之鯽，相形之下，這些詩似乎很貧瘠；但兩者無法比較，因為那些大詩人有著不同的意義和面向，他們的作風是理智化的。你不必將雪萊（Shelley；譯注：西元一七九二～一八二二年，英國詩人）或拜倫（Byron；譯注：西元一七八八～一八二四年，英國詩人）的作品形象化，只要理解便可，他們的作風非常概念化，這也是世人的取向。

唯有禪大相逕庭，禪詩並不需要了解，它所詢問的不是智性、而是感覺上的東西，是一種形象化的創造，閉上眼睛、安住於自身的寧靜，整個世界就是他所說的：「你必須看到花朵、色彩，你必須看到嘎嘎作響的門——當你打開時會嘎嘎作響——陽光隨即透進來、照在花朵上；你或許會聞到花香，甚至摘了幾朵花。」這是一種非常存在性的表達。

瑪尼莎問：「鍾愛的師父，您是否連真理、自由都不承諾？您不這麼做是否因為真理和自由正是您內在的部分，所以不可能和它們有承諾這種關連？」

瑪尼莎，你的了解沒錯，我和真理沒有任何關係，真理並非與我相異、必須令我去承諾的東西。它完全就是我的存在，無論是愛或自由、慈悲或喜悅，這些全部隸屬我的意識，與我無異，所以沒有承諾的問題。

你只能去承諾與你相異的東西，使你覺察就是此生我不遺餘力的，一旦你更深入自己的意識，這一切都是對你敞開的。不須你去培養，只要愈來愈深入意識，你就會遇見愛，遇見慈悲、真理、自由。你什麼都不必做，只要努力深入意識，其餘的都會自行降臨，這些都是意識的開花。

現在來點嚴肅的……

英國國家廣播公司在奧林匹克運動會主要報導時段裡，插播了以下的宣布事項：

「各位聽眾，現在有一則以喜、一則以憂的消息。壞消息是火星人入侵地球；好消息是他們吃掉政客，而且還尿出汽油。」

洛克・漢克是好萊塢著名影星，他穿著不及腰部的短內衣、秀著全身肌肉，晃進一間酒吧。他見到葛洛莉獨自坐在酒吧裡，喝著馬丁尼。

漢克大步走向她，靠近她的耳朵輕輕輕地說：「嗨！寶貝，我真想鑽進你的內褲。」

「抱歉，」葛洛莉笑著說，「我認為沒有這個可能。」

「怎麼說？」漢克問。

「因為，」葛洛莉起身準備離去並說，「那裡的空間只夠容納一個王八！」

＊　＊　＊

卡特沙在梵蒂岡的超級市場偷了一隻冷凍雞被捕，此舉激怒了波蘭教宗。

「你知道嗎？」波蘭教宗嚷著，「在我的超級市場行竊，就是破了神的戒規。」

「我知道，」卡特沙垂著眼皮回答，「但我不是為了自己才偷雞的，而是為了你偷藏起來的新祕書。」

「什麼？新祕書？」波蘭教宗近乎歇斯底里地叫著，「你為了一名年輕的祕書而失去自己不朽的靈魂？」波蘭教宗手指著天空、極為反常地罵說：「操！這個祕書！」

「我是操了，」卡特沙回答，「不過她還是想吃雞！」

尼維達諾……

鼓聲

亂語

尼維達諾……

靜下來，閉上眼睛，感覺身體完全靜止。
現在，全然殷切的往內看，
像是生命中的最後一刻。

深深地穿透生命的源頭，
那裡是你的核心，也是整個存在的核心。
你的核心與存在的核心交會，
象徵性的說法就是佛。
你會在那個交會點成佛、成為醒悟者。
你已經進入一個全新的，
屬於真理、美、喜樂的境界。
徹底吸收這些品質，充滿了佛的覺察，
因為你必須將這個佛帶回來，
無論行住坐臥、言語抑或靜默，
你都要無時無刻活出這個佛，
唯有如此，你才可能抵達意識的巔峰。
讓祂愈來愈清晰……

放鬆，
只要看著身體、看著頭腦。
這兩者都不是你，你是觀照。
領悟這個觀照的核心。
萬物生滅不已，唯有這個觀照是不朽的，
它不曾生、也不曾死，這個觀照也稱為佛。
今夜固然有她的美，
但你的在、你的觀照，

使她變得無比崇高、壯麗、燦爛。
無數的花朵灑落在你身上，
儘量滿載這些花朵。
尼維達諾馬上就要喚回你，
盡可能凝聚這份體驗，
要將祂從核心帶到周圍。

回來，但從容地、帶著你的佛回來。
記得佛是怎麼起身、坐下的，
與他一樣優雅、一樣美，與他的心一起律動……
要為自己感到慶幸，
因為這個佛堂外沒有人在乎自己的內在境界，
人們在乎的是那些瑣事、俗事。

要慶幸自己找到這麼一個地方：

身邊有志同道合、攜手前往同樣核心的夥伴。

這樣可以嗎？瑪尼莎。

是的，鍾愛的師父。

我們可以慶祝歡聚於此的一萬尊佛嗎？

是的，鍾愛的師父。

第七章

你忘了自己的翅膀

萬里無雲的晴空就在那裡，
等你跨出決定性的一跳，
等你展開雙翅、翱翔到意識的頂峰，
這就是我所謂的靜心。

鍾愛的師父：

有一次，黃檗參訪了南泉，南泉問他：「據說定慧同修能徹見佛性，這是什麼意思？」

黃檗回答：「那是說無論何時，都不要有任何倚賴。」

南泉接著又問：「這是你的親身體驗嗎？」

「當然不是！」黃檗說。

南泉又說：「先將茶水錢擺一邊，我問你，你應該將草鞋的錢還誰？」

黃檗無言以對。

（原文：師問黃檗：「定慧等學，明見佛性，此理如何？」檗曰：「十二時中不依倚一物。」師曰：「莫是長老見處麼？」檗曰：「不敢。」師曰：「漿水錢且置，草鞋錢教阿誰還？」——節自《五燈會元》卷三）

瑪尼莎，這則公案看似簡單、其實不然。簡短的幾句話就點出要義，可惜不曾有人探討，我會詳細說明其中的意義。

有一次，黃檗參訪了南泉，南泉問他：「據說定慧同修能徹見佛性，這是什麼意思？」

在進入黃檗的回答之前，必須先了解定與慧的意思，這是一個非常錯綜複雜的問題。我們可以拉瑪克里希那為例來了解定是什麼，以釐清一些基本輪廓。

從前，拉瑪克里希那會入定數小時，有一次還長達六天。三昧對他及其門徒而言──還有派坦加利（Patanjali）以來五千年信仰定的傳統──意謂著進入絕對的無意識狀態。在所有外人眼中，他幾乎就是昏迷，心理學家認為這是一種頭腦的無意識層次，而且無法喚醒他。

只要意識自行浮現，他就會醒過來。而每當他出定、從這種深度昏迷似的無意識狀態回來後，他就會哭著說：「為何帶走我經驗到的絕美、喜樂和寧靜？時間已然停止，整個世界也被遺忘，只剩下我，一切是如此完美，何必把它帶走？」他會問存在說：「何不讓我繼續？」

但是佛陀不認為這是一種三昧，他的三昧意謂著慧，慧就是覺察的意思；你必須愈來愈覺知，而不是無意識。這是兩個極端，慧是徹底覺知的境界，定對拉瑪克里希那而言則是絕對的失去感覺。這兩者到底有何相異？

兩者都提到無上的喜樂，兩者都說永恆、真、善、美是最終的體驗。但前者是完全失去知覺——即使手被砍斷也不知情，而後者是如此清醒，連坐下都要瞧瞧會不會誤殺蟲蟻，一舉一動充滿莫大的覺知。

據說佛陀有一天走在吠舍離城的路上，突然有一隻蒼蠅停在他的頭上，當時他正和阿難在說話。正如你們不自覺的方式一樣，他逕自揮手、驅走蒼蠅，隨後突然沉默不語、再度揮手，但這次並沒有蒼蠅。

阿難說：「你在做什麼？蒼蠅飛走了。」

他說：「蒼蠅是走了，但我剛才的行動是無意識的，只是像機器一樣、不自覺地揮手。但這次則是以全然的意識、全然的覺知揮手。」

所以看似對立的雙方引來許多孰是孰非的爭論，因為他們提到的經驗是一樣的。我的體驗是：越過雙方的盡頭就是超越頭腦。頭腦有意識的部分占十分之一，無意識的部分占十分之九，你可以這麼想像：最上面一層是意識，下面的九層則是無意識，所以能從兩端跨越頭腦，但無法從中間跨越，你必須一步一步邁向盡頭。

拉瑪克里希那以深入無意識的方式超越頭腦，當他跨越最後一層無意識時便超越了頭腦。就外界而言，他就像深陷昏迷。雖然這是漆黑、陰暗的途徑，是意識的黑夜，但他還是抵達相同的萬里晴空、相同的境界。

佛陀不曾使用無意識的方法，即使是走路，他也會帶著全然的覺知、從容地跨出每一步，每一個姿勢都充滿了意識與優雅。他徹底轉化意識，連無意識層次都轉變成有意識，最後，當所有的無意識都變成有意識時，悟道就發生了，此時他也超越了頭腦。

定和慧都是無念、跨越頭腦的狀態。兩者的最終體驗一樣，但途徑則不同、非常不同。一個是佛陀所走的光明途徑，另一個是拉瑪克里希那所走的黑暗途徑。人們對兩者的困惑並不奇怪，沒有走過同樣的路、達成相同體驗的人一定會爭論不已。

有人說拉瑪克里希那的定是一種昏迷，因為他失去了意識；也有人說佛陀未曾到達拉瑪克里希那的定，所以對定一無所知。但我的體驗是，他們倆都知道定與慧。拉瑪克里希那先領悟了定，然後由定生慧；佛陀先領悟了慧，然後由慧生定。唯一要了解的是：存在向來是矛盾的，存在是日與夜、生與死等種種對立面所組成的。

拉瑪克里希那走的是無意識的途徑，從來沒有人慎重地考慮這一點，而佛陀的途徑則是純粹的光明與不間斷的覺知，即使是睡覺也充滿了意識。

南泉在此提了一個很有意義的問題——

有一次，黃檗參訪了南泉，南泉問他：「據說定慧同修能徹見佛性，這是什麼意思？」

黃檗回答：「那是說無論何時都不要有任何倚賴。」

黃檗還不是師父，他只是個學者，任何學問都無法解決這個問題，任何智性的都幫不上忙，除非去體驗。所以黃檗的回答完全不對題。他說：「那是說無論何時都不要有任何倚賴。」這個回答和問題有關嗎？和定完全無關，也和慧完全無關。他只是個老師，而且還是個盲目的老師，他的腦袋對這個問題視而不見。

然後南泉問——這裡馬上就會出現我要說的：

「這是你的親身體驗嗎？」

任何人都看得出答案的愚不可及，根本就不對題。他原本可以說：「不知道，我沒經驗過定或慧，不曉得最後能否到達相同的境界。那不是我的真實體驗，所以無法說些什麼。」這還比較誠實。

所以南泉聽到他的回答便立刻問：「這是你的親身體驗嗎？」

我懷疑這個不對題的答案甚至不是你自己的。

「當然不是！」黃檗說。

到了這個地步，他一定覺得最好坦白說那不是他的東西。

南泉又說：「先將茶水錢擺一邊……」

南泉過了三十年的山居生活，必須走到山下去取日常用水，路程有好幾里。所以我們會覺得他問茶水的錢有點奇怪。

他說：「先將茶水錢擺一邊，我問你，你應該將草鞋的錢還誰？」

禪門和尚穿的是稻草製的涼鞋，與我的涼鞋形狀一樣，是稻草製的，很優雅，深具美感、也很便宜。南泉是說：「你這雙草鞋的錢是誰付的？看起來還很新的樣子。你不配這雙草鞋，只有禪師才值得這雙鞋。至於你的茶水費就算了，不過連定、慧都不知道的人依然是種浪費，還厚顏無恥地說了毫不相干的答案，而且又不是自己的體驗。」所有學者、梵學家、拉比就是這種拾人牙慧的狀態。

南泉以一些小問題徹底揭露黃檗最核心的存在狀態。但這個問題並不小，不曾有人像我如此談論這個問題：最終的體驗並無不同，只是途徑非常不同、涇渭分明。

其中一條是黑暗的途徑，愈來愈深入頭腦的無意識陰暗面，直到頭腦的盡頭、然後跳開頭腦；另一條途徑是全力使無意識變成意識，當內在全部變成意識時，也能超越頭腦。

也許佛陀的方法比較科學，不過這與對錯無關，兩者殊途同歸，只是佛陀的方法比較科學一點，比較不會走岔，因為你是處於覺察的狀態；拉瑪克里希那的途徑則是在黑暗中摸索，他或許能夠抵達黎明之境、也或許不會。一旦他潛入無意識的時候，一切都是黑暗的，看不見自己的去向，只能在偶然、意外的狀況下找到頭腦的出口。

科學相信的不是偶然而是必然性。這就是為什麼你再也找不到第二個拉瑪克里希那，因為在黑暗中摸索到出口實屬巧合，這的確是拉瑪克里希那的發生，但絕對是史上獨一無二的例子。

有無數的神祕家抵達相同的境界，但他們走的全是覺察的途徑，這使你有了燈火，不必摸黑。有了光明、意識就像有了火把，抵達目標的可能性就更大。

一旦你曉得路在那裡，事情就會容易許多，就等你跨出第一步、走進未知，但這個未知不需摸黑，因為你有火把。拉瑪克里希那則是摸黑地進入未知，某方面而言，他的三昧是獨有的、自成一格，連根蠟燭都沒有就進入這種深度，是罕見的典型，但找不到出口的可能性更大。

有人問佛陀：「如果一座宮殿有一千道門，但只有其中一道門是真的，其餘都是虛有其表的假門，靠近它們才知道只是牆上的畫，根本打不開。

有個迷了路的盲人在宮殿裡不斷地摸索、到處找出口。他遇到很多假門，後來當他找到唯一的真門時，剛好有隻蒼蠅飛進來、停在他頭上，於是隨即趕走蒼蠅，從真門走出去。」

在一千道門中遇上唯一一道真門，這種機會根本微乎其微，任何狀況都可能使你錯過；你可能開始懊惱，或是倍感倦怠地說：「碰碰運氣，略過這道門，繼續往前吧！」

因此佛陀說：「我走的不是這種摸索的途徑。在我的宮殿裡，每一扇門都是真的，也不勞你摸索，因為我給你靜心的眼睛，使你的內在有如火焰般光明，那就是你的生命。有了這份靜心的光明和寧靜，你就能找到門。這裡有一千道門，每一道都是出口。」

我完全肯定佛陀，也不是說拉瑪克里希那是錯的，但他只能是例外；佛陀為每個人提供了普遍、非例外的準則，準則適用於每一個人，但例外則否。拉瑪克里希那的追隨者沒有人達到定的境界；反之，即使過了這麼久，不分國度、不分師徒，還是有佛陀的追隨者達到慧的境界。稱之為定也好、稱之慧也好，兩者的意義是一樣的，就是終極的智慧。

佛教徒不認為拉瑪克里希那能悟道。有一位很老的佛教僧侶……他是英國人，兒時的他因為父親工作的關係而移居印度卡林邦（Kalimpong：位於印度東北部），所以有機會與佛教的師父互動，十八歲時成了佛教徒，受到全家人反對，因為他們是基督教家庭：「你為何聽佛教和尚的話？」

他能了解基督教是很幼稚的，不能給你什麼。就算耶穌能徒步於水面，那又如何？這個本領能讓你達成什麼靈性嗎？即使能把水變酒，這是種罪行，那也無法提升人的靈性。基督教的教義有什麼能與喬達摩佛相比？沒有一個比得上，他是喜馬拉雅山的聖母峰。

所以佛教徒不認為拉瑪克里希那是悟道的。但我會問佛教的和尚，尤其是這位英國和尚，我問他：「你曾把佛陀的方法放一邊，然後花點時間試試拉瑪克里希那的方法嗎？」

他說：「沒有，從來沒有。」

我說：「那麼說拉瑪克里希那不曾達到三昧，豈不是僭越了你的經驗範圍？」

我試過兩者，光明的途徑與絕對黑暗的途徑。沒有人這麼做過，因為一旦你走了其中一條，何必擔心另一條？你已經坐著印度的電動三輪車抵達相同的目的地，難道你又要返回起點、改搭計程車去相同的目的地？人們會以為你瘋了。你已經抵達目的地，沒必要再試驗計程車是否也能到達。

不過我有點瘋狂，看到這些爭論持續了千百年，唯一的解決方法就是兩者並行：有時候走光明的途徑，有時候走黑暗的途徑。當我在走黑暗途徑時，幾乎所有的朋友、教授都以為我瘋了，「如果你白天就能抵達目的地，那何必又重新走一次夜路？」

我說：「有必要，為了確認拉瑪克里希那的意識境界與佛陀相同，別無他法。」

但沒有任何佛教徒，也沒有任何拉瑪克里希那的門徒這麼試過。我不是任何人的門徒，我只是局外人，不屬於任何宗教或任何組織。我想不出這個延綿了千百年的爭議有何恰當的解決方式，唯一的辦法就是兩者都走一遭。

正因如此，我教導給你們的靜心結合了這兩種途徑，不只是基於慧、覺察的靜心，也不只是基於忘了一切、把自己深深地沒入靜止與黑暗中；兩種途徑都為我所用，我要你忘了世界，要你忘了身體、頭腦，你不是這些東西，但要成為觀照、讓自己變成一盞明燈。所以你是雙管齊下的。

這不僅沒有問題，而且更有意義，因為你將抵達拉瑪克里希那與佛陀的境界，而且會笑長久以來學者根本沒必要浪費那麼多時間。試驗永遠是對的，因為這不是一道哲學問題，而是一種內在的試驗，好像任何一種科學試驗一樣。

不過南泉以一種極佳的方式說：「先將茶水錢擺一邊，因為我挑水必須走好幾里的路程。我問你，你應該將草鞋的錢還誰？是誰幫你付這雙草鞋的錢？把錢還他。你只是個老師，別佯裝師父。」黃檗無言以對。

石霜寫著：

只要世上出現一個真實的人，所有的虛偽都煙消雲散。
不必擔心祖師的作風看似式微，
這一次，你的智慧之斧已經找到翅膀，
終有一天會展翅高飛。

就好像氣候、季節的變化，人的生活方式、對象和目標也有了改變。我們似乎暫時忘了佛陀的途徑，不過石霜說別擔心。只要世上出現一個真實的人，所有的虛偽都煙消雲散，所以別擔心。

古老的途徑已經式微，現已沒有人想去經驗定或慧，沒有人想進入他自己、深入自己的中心，甚至沒有人擔心如何和宇宙合一。儘管如此，也不必擔心。

這一次，你的智慧之斧已經找到翅膀，終有一天會展翅高飛。事態不會一直處在陰暗裡，天色愈黑、黎明就愈近，你會像自古以來的諸佛一樣，飛進同一個自由的天空，只要你準備好、別錯失良機。你若遇到一位師父、真實的人，那就別找任何藉口延緩。儘量讓他的一切深入你，只要能成為他的道侶，就成為道侶，別和他分道揚鑣。

儘管世上沒有很多的佛，但一個佛也能創造出千千萬萬個佛。所以石霜是很樂觀的：儘管夜愈來愈黑，但那表示黎明已近、就快破曉了，花朵就要綻放、鳥兒也將飛舞。

瑪尼莎問：「鍾愛的師父，你是我們之中找到雙翅的智慧之斧嗎？」

你們每個人都有那雙翅膀，只不過要被點醒。你已經忘了自己有那雙進入內在天際、翱翔至意識顛峰的翅膀，因此必須被點醒。

你一定看過——這是值得一看的——看出生時的小鳥並不知道自己有翅膀，雖然母鳥在樹林間飛來飛去，但是雛鳥會懷疑自己是否也辦得到。牠只是倚在巢邊猶豫著：覺得似乎很危險，如果掉下去就完了。可是母鳥正在空中慫恿雛鳥飛翔，從一棵樹飛到另一棵樹，並不停地召喚。雛鳥抖著翅膀，但還不敢飛出去，牠未曾飛過。才剛從蛋殼迸出來的牠顯然畏懼著，還不知道飛翔在天空的自由；天空那麼遼闊，牠卻那麼渺小，然而母鳥不斷地喚牠前去，說不定母鳥更清楚事情的原委。

有的雛鳥會鼓足勇氣飛去，剛開始會有點手忙腳亂，不過很快就能飛到另一棵樹；有的雛鳥則留在巢裡、戰戰兢兢地鼓動翅膀，這樣比較保險。雖然母鳥在召喚，但是那太危險了，所以母鳥必須將牠們推向天空。

一旦到了天空，牠們就會展開雙翅。會有短暫的擔心和緊張，就像學游泳一樣，頭幾天會困難重重，需要他人的幫助和鼓勵，必須在淺水處學習。不過一旦你學會了，你還會忘記怎麼游泳嗎？

有位日本教授認為，每一個嬰兒都知道怎麼游泳，如同每一隻小鳥知道如何飛翔，只要喚醒這份能力。因此他一直在研究嬰兒，最先從九個月大的嬰兒開始研究，結果成功了；後來又分別針對六個月大和三個月大的嬰兒進行研究，結果也成功了。

這勢必證明了人具有游泳的天性，只要你鼓足勇氣、給自己嘗試的機會。為什麼學會游泳的人不會忘記怎麼游泳？任何東西都可能忘記：地理、歷史，一切都可能忘記，可是一旦知道怎麼游泳，你就不可能忘記，因為那是你的天賦。一旦小鳥展開雙翅，牠就不可能忘記怎麼飛翔。

我所不遺餘力的就是使你察覺自己有一雙翅膀。而且萬里無雲的晴空就在那裡，等你跨出決定性的一跳，等你展開雙翅、翱翔到意識的頂峰，這就是我所謂的靜心。

沙達・古魯達亞・賽已經等很久了。

方哥神父進到一間妓院對老鴇說：「我要和放蕩莎莉睡一覺。」

老鴇上樓去與莎莉談了一下，然後下樓說：「好！她開價兩百美元。」

「可是昨天不是才五十美元嗎？」方哥抱怨著。

「不要拉倒！」老鴇聳聳肩說。

於是這位傳教士付了錢，隨著放蕩莎莉上了樓。

完事後，方哥神父拉起他的褲子、一邊問那女孩：「嗯，你覺得我如何？」

莎莉回答：「你絕對是我這輩子見過最糟的吝嗇鬼，我昨天就說過了！搞不懂你怎麼又來了！」

「嗯，」那傳教士說，「我只是來聽聽看有沒有第二種看法。」

＊　＊　＊

胡圖全家邀請本地的傳教士番寶共度耶誕夜，大夥兒一起圍在圓形的餐桌邊，開始吃耶誕晚餐。

突然，胡爺爺情急地掩住嘴巴、遮住一個駭人的大噴嚏，每個人都深怕耶誕大餐被他的鼻涕染指，但大家都嚇得不敢吭聲，只有番寶神父在咕噥地祈禱著。

五分鐘後，胡爺爺又打了一個大噴嚏，這次有很多綠色的飛沫布滿餐桌，大家都快吐了，這時番寶神父走向他。

「爺爺！」番寶在耳邊大聲的說，「打噴嚏時要遮住鼻子。」

「好！」爺爺支支吾吾地回答，「如果這能如你的意。」

頃刻後，爺爺又感到另一陣巨大的噴嚏即將迸發，所以就揑住他的鼻子。

見到這種情形，每個人都趕快閉上眼睛，隨即一陣巨大的噴嚏聲。

睜開眼睛的他們見到這般駭人的景象：裝馬鈴薯的碗破了，爺爺的假牙竟卡在上頭！

＊　＊　＊

年輕的弗瑞迪買了一雙光鮮耀眼、有專利的黑色皮鞋，並將它擦得像鏡子一樣亮晶晶。當天晚上，他穿著這雙鞋上了迪斯可舞廳。

他見到對桌有三個女孩，所以先邀請其中一位共舞。跳了一會兒後，弗瑞迪看著他宛如鏡子的鞋面，然後說：「我很喜歡你的紅色內褲！」

那女孩很難為情地放聲尖叫，弗瑞德隨即帶她回座，邀請另一位女孩共舞。

跳了一會兒後，弗瑞迪說：「我很喜歡你的白色蕾絲內褲！」

這女孩也面紅耳赤地跑回座，三位女孩交頭接耳地討論事情原委，第三個女孩就說：「等一下他邀我共舞，我會好好修理他！」

當然，幾分鐘後，弗瑞德果真邀她共舞。他們在舞池裡跳啊跳，弗瑞德往下一看，卻一臉難色。

他低著頭、不斷盯著鞋子，從一支鞋換到另一支鞋。

「老看著自己的鞋子不好吧，弗瑞德！」那女孩咯咯地笑著說，「我已經把內褲脫了！」

「喔！感謝上帝！」弗瑞德放心地說，「我還以為我的新鞋泡湯了！」

尼維達諾……

鼓聲

亂語

尼維達諾……

三

靜下來，閉上眼睛，感覺身體完全靜止。
現在凝聚你全部的意識，極其殷切地往內看，
彷彿是你生命的最終一刻。
你一定要抵達核心，愈來愈深入，
沒有絲毫恐懼，繼續深入。
在你存在的核心，你就是佛，
而將這個佛體現於你的存在就是最終的喜悅。
你的生命會徹底成為詩歌、樂曲、舞蹈，
處處綻放花朵。
牢記佛的體驗，你無須成佛，你就是佛。
只有兩種可能：忘了或是記得。
前者活在不幸、煩惱、苦楚、焦慮裡；

後者的生命則蛻變為神聖之舞。
讓祂愈來愈清晰。

放鬆，
只要成為身體和頭腦的觀照。
什麼都不必做，
不必判斷，只要變成明鏡般的觀照；
成為佛的本質只不過是成為空無之鏡。
儘量滿載更多的芬芳、更多的光明、更多的祝福，因為你必須無時無刻活出你的佛。
每一刻都要記住，
每一刻都要從容地、優雅地、明白地行動，
這是佛才有的境界。
今夜已經很美，但你們為她增添了無數的星光，
只是寧靜，只是觀照、成為佛，
這裡就成了世上最神聖的地方。
你們的觀看、你們的觀照最後會交融在一起。
這個佛堂不是有一千、一萬尊佛，
而是只有一個佛性的大海，
我們只是其中的波浪，
放鬆到彷彿不存在，只是放鬆地融入大海。
在尼維達諾喚回你之前，
好好端詳你所達到的境界，注意你走過的途徑，
你將一再走上這條路，進進退退，

直到你的佛性從核心成長到周圍。
核心處只是佛的種子，
到了周圍則是成熟、圓滿的佛。

三

現在回來，但是以佛的狀態回來，
充滿了全新的喜悅、全新的身分、全新的個體性。
稍坐片刻，牢記自己是佛，
光是那個記得就能徹底蛻變你的生命。
無論什麼時候遇到祂，都要將祂牢牢記住。
有時你也許會因為舊習慣而忘記，
不要難過，那是自然的，
但忘記的時候會更少，記住的時候會更多，
愈來愈深……最後，

你會終生無時無刻記得佛的無盡光明。

這樣可以嗎？瑪尼莎。

是的，鍾愛的師父。

我們可以慶祝歡聚於此的一萬尊佛嗎？

是的，鍾愛的師父。

第八章

你需要玫瑰

只有玫瑰能使你綻放笑容，
使內心發出深深的喜悅。
生命必須以歡樂、嬉戲和美妙的戲劇構成，
循著自己的洞見去享受生命。

鍾愛的師父：

南泉升堂，對眾僧說：「王老師——南泉的俗名姓王——要把自己賣掉，有人要買嗎？」

有名和尚站出來說：「我要買！」

南泉說：「不能買貴，也不能買便宜，你會怎麼買？」

這名和尚無言以對。

（原文：上堂：「王老師賣身去也，還有人買麼？」一僧出曰：「某甲買。」師曰：「不作貴，不作賤，汝作麼生買？」僧無對。——節自《五燈會元》卷三）

另一則公案，有名和尚問南泉：「百年後，師父將身在何處？」

南泉說：「當一頭水牛。」那和尚說：「我可以隨您去嗎？」

南泉說：「想這麼做的話，要嘴巴啣著草來。」

（原文：師將順世，第一座問：「和尚百年後向甚麼處去？」師曰：「山下作一頭水

牯牛去。」座曰：「某甲隨和尚去還得也無？」師曰：「汝若隨我，即須銜取一莖草來。」——節自《五燈會元》卷二）

瑪尼莎，生命可以當作在演戲、像在玩遊戲，或者把它看得很嚴肅。把生命看得很嚴肅的人會很痛苦，失敗也苦，成功也苦；貧窮也苦、富有也苦。

有一名印度的首富跟我說他深感罪惡，因為整個國家都快窮死了，但他的財富還在持續增加。不過他沒有勇氣停止增加自己的財富，實際上他還想要更多。一方面見到全國深受貧窮之苦，另一方面依然貪得無厭，這使他左右為難，簡直快崩潰了。

貧窮也苦，富有也苦，這似乎就是嚴肅看待生命的下場，無論他們從事哪種行業，過哪種生活，這些人注定要受苦，每一步都會焦慮和受挫，因為存在並沒有義務滿足你的欲望。

你的欲望幾乎是無底洞。因為你的欲望，生命成了一場競爭，而競爭一定伴隨著焦慮與不安；每個人都要到最後關頭才察覺死亡的存在。生命是一場不幸、掙扎與苦惱，最終竟以死亡收場，根本就是一場惡夢。而且也沒有人知道死後的去向。

嚴肅的人不是禪訴求的對象，把生命當成遊戲的人才是它的物件。這看似奇怪，因為宗教始終被嚴肅以待。禪顛覆了那種態度，把生命當成玩笑，也把死亡當成玩笑。

一旦你不嚴肅、好玩地看待生命，你心上的重擔就不復存在。一切對死亡、生命、愛的恐懼都會煙消雲散。你會一身輕、幾乎沒有負擔地活著；一旦沒有負擔，你就可以飛入遼闊的天際。

禪提供一種不嚴肅的選擇，這就是它最大的貢獻。嚴肅的人造就了這個世間、造就了所有的宗教，也創造了所有的哲學、所有的文化、所有的道德，你周遭的一切全是那些嚴肅的人創造的。禪跳脫了這個嚴肅的世間，獨自創造了嬉戲的、充滿笑聲的世界，在那裡，即使是偉大的師父也像個小孩，這可以由瑪尼莎帶來的經文看出來。

南泉升堂，對眾僧說……眾僧前來聆聽南泉宣說終極真理，南泉對大家說：「王老師──南泉的俗名姓王──要把自己賣掉，有人要買嗎？」

奇怪的開場白！猶太教堂裡的拉比絕不會這麼做——雖然買賣是猶太人最熱中的。沒有一種寺廟、清真寺、教堂的佈道會以此開始：師父站上講台，然後說：「王老師，」南泉俗姓王，「要把自己賣掉，有人要買嗎？」

在我們進入討論之前，要記住，南泉用他小時候的姓來稱自己。他也能稱自己「南泉」，也可以說：「我要把自己賣掉。」他沒有說「我」是因為：一個像南泉這樣的人深知「我」是不存在的，他不能用「南泉」這個字眼，因為那是以前他剃度為僧長大之後的名字。他用「王」這個小時候的姓來稱自己，再次變得像小孩一樣天真、無知，什麼都不知道。所以自稱王老師是有意義的。

他說要賣掉自己是提醒你：你若想賣掉自己，你想能賣多少？也許人是最沒有價值的東西。一頭牛、一頭馬、一頭象……連一頭象的骨頭都值好幾千盧比，但死人一點用處也沒有，人們會嫌惡地將他火葬。

死者的家屬會哭泣，鄰人會準備擔架把死者扛進火堆，他們會匆匆辦完後事，否則這些哀戚、愁雲慘霧將無法落幕，而且屍體也會腐臭。死人不僅毫無價值，若將屍體拿到公共場合一定會被群眾圍毆。

我又想起戴奧真尼斯：全身赤裸的他一定非常健美，連亞歷山大大帝都有些嫉妒——他擁有一切，但戴奧真尼斯的身體卻美得像大理石，像座堅實的雕像……

有一天，戴奧真尼斯躺在河畔，他就住在那裡。當時來了四個小偷……那個時代，幾乎全世界都有販賣人口這種行業，女人能賣得高價錢，健壯的男人亦然，奴隸幾乎是普世所允許的。這四個小偷專門從事擄人販賣的勾當，當他們見到戴奧真尼斯便打起算盤：「這個人一定能賣得好價錢，也許會創天價。不過他這麼壯，也許四個人也拿不下他，搞不好還會被他宰了，太危險了。」

雖然他們在樹叢後面竊竊私語，但戴奧真尼斯卻聽到了，於是他說：「你們這些蠢蛋！出來吧！何必大費周章，跟我來就可以了！」

他們說：「去哪裡？」

他說：「市場啊！你們不是要把我抓去賣掉？省省吧！我自己走就是了。反正也是個經驗，至少我還有一點用處。」

這些小偷變得很害怕，因為這個人太詭異了。「連跟著他都有危險，說不定會回頭突襲我們。」所以他們不敢跟得太近。

戴奧真尼斯說：「別怕，靠近點！到底是你們賣我，還是我賣你們？」所以他們才鼓起很大的勇氣靠近。市場有男女奴隸在拍賣，這時戴奧真尼斯跳到桌上，然後對群眾嚷著：「這裡有一個主人要拍賣！有沒有奴隸要買他？」

現場隨即默然無聲，因為這個人實在很莊嚴，連前來買奴隸的王公貴族都要再三考慮該不該買這個人。他竟敢跳到桌上對眾人宣稱：「這裡有一個主人要拍賣！有沒有人要買他？」所以這個人也許很危險、很野蠻！

最後有一名王公鼓起勇氣買了，他說：「我該付錢給誰？」戴奧真尼斯指著躲在人群裡的四個人說：「把錢給那四個人，是他們帶我來的。然後把你的馬車開過來載我。」這種反客為主的情形著實令人意外，但連王公都開始動搖，於是要馬車伕把馬車開過來，然後戴奧真尼斯就跳上馬車、坐在王公旁，王公噤若寒蟬，心想花錢卻惹禍上身，很怕被他一把捉住、扔出車外。「我不是買了一個奴隸，而是買了一個主人，他說的沒錯。」

但戴奧真尼斯說：「別害怕，我不是你想像的那樣，我是和平愛好者。咱們來個協議：我不會干擾你，但你也別干擾我。」

王公很有意願，他說：「完全沒問題，我不會干擾你，你可以擁有一部分的皇宮，得到一切你要的。但一定要遵守這個協議，別干擾我。我膽子很小，而且你好像很危險的樣子。」

戴奧真尼斯說：「別擔心，我完全反對殺伐的行為，也完全反對擾亂他人。你會發現我是個偉大的師父，你可以從我這裡學到很多。你是有史以來頭一個把師父買到手的人，我也成功地賣了自己。事實上我想找一些門徒，現在，你、你的太太、兄弟、後代都是我的門徒，你同意吧?!」

馬車經過森林、驅往皇宮，如果不同意這個非常危險的人，那麼王公與馬車伕兩人恐怕性命不保，所以無論戴奧真尼斯說什麼，王公始終說：「好，完全同意。」

當馬車就要進入皇宮之際，戴奧真尼斯立刻跳下馬車，向王公告別：「我剛才只是開開玩笑！因為那四個可憐的傢伙才佯裝這個角色。我住的河畔到了，若想聽聽我的忠告，歡迎來找我。我就住在這條河邊，你有看到那隻狗嗎？」

那隻狗是他唯一的朋友，因為這隻狗，所以他被稱為「犬儒戴奧真尼斯」（Diogenes the Cynic）。

他與這隻狗的相識過程也很特殊。有一天他很渴，所以帶著缽——就像佛陀乞食的缽——跑向河邊。在抵達河邊之際，突然有隻狗超到前頭、立刻喝起水來。

他說：「天啊！我幹嘛帶著這個缽？這隻狗的境界比我更高！」於是他把缽往河裡扔了，效仿那隻狗的樣子喝水。

這隻狗與他很友好，所以戴奧真尼斯就與牠共用任何得到的食物。這隻狗是他唯一的夥伴，還能聽懂他的話。連當時亞歷山大在場時，戴奧真尼斯都能和牠說笑。亞歷山大說：「我要去征服世界！」戴奧真尼斯不但沒回答他，還看著那隻狗說：「你有聽到嗎？這傢伙想征服世界耶！」然後對亞歷山大說：「還沒征服世界，你就完蛋了。如果你像這隻狗一樣聰明，你會就此放下、休息，因為征服世界後，你還能幹嘛？」

所以亞歷山大不得不說：「征服世界後當然是要休息、放鬆。」

戴奧真尼斯說：「瞧瞧我的狗朋友，看牠多放鬆！你可以來這裡，我不會拒絕的，這不是我的河，也不曉得這是誰的河，不過我們就住在這裡，歡迎你來。沒必要在經歷征服世界這個大麻煩後才放下，何不現在就放下？」

亞歷山大說：「我了解你說的道理，不過我無法回答你。現在我才剛要遠征，這是我一定要實現的欲望。」

戴奧真尼斯說：「那就看你自己了，不過你死的那天要記得我對你說過：生命很短暫，世界也不很大，你很可能還沒征服世界就一命嗚呼了。」

戴奧真尼斯料中了，亞歷山大果真三十三歲就死了，最後他還記得戴奧真尼斯：「這位智者說的對，連他的狗都搖尾叫好！他說的對，想放下就要立刻放下。」

戴奧真尼斯在希臘哲學史上很少見，儘管蘇格拉底、畢達哥拉斯、安納克薩哥拉斯（Anaxagoras：西元前五〇〇年～前四二八年）、柏拉圖、亞里斯多德、赫拉克利特（Heraclitus：卒於西元前四六〇年）為人所知，但很少人提到戴奧真尼斯，很簡單，因為他不是那種嚴肅看待世界的人。

有一次他發現一盞別人丟棄的舊油燈，所以就拿去用。他帶著他的狗，無時無刻都把燈點著、帶在身邊，即使大白天也不例外，所以有人問他：「你真奇怪，怎麼大白天還隨身帶著油燈？」

他總是說：「我在找真實的人，因為要洞察他的眼睛，所以才隨身帶著燈。不過目前為止尚未遇到這種人。」

他在雅典去世的那一天，他的狗、他的油燈也在一旁，有人問：「戴奧真尼斯，你就要去世了，可否談談你所謂的『真實的人』？你有找到嗎？」

這是他最後的遺言：「很不幸沒找到，但幸運的是沒人偷走我的燈，這是我對人性唯一的稱許。我這個赤裸的人死了之後，任何人都可能偷走它。」他從不嚴肅對待生命，而是像任何佛一樣活得那麼喜悅、燦爛。

南泉說：「王老師要把自己賣掉，有人要買嗎？」

有名和尚站出來說：「我要買！」

南泉說：「不能買貴，也不能買便宜，你會怎麼買？」

他指出喬達摩佛的體驗中最根本的問題：完全安住於中道。完全安住於中道就是超越兩極，超越對錯、黑白、日夜、生死、好壞；只是安住在中間、安住於中道，你就能飛進彼岸。彼岸始於中道而非兩極。這就是他要表達的，他說：「好，你若要買我，不能買貴，也不能買便宜，你會怎麼買？」

那和尚無言以對。他答不出來，如果你能安然地待在中道，你就能買到像南泉這樣的人。展現出自己凝聚在中道的狀態，非此非彼，只是安住在萬事萬物的中間，那麼南泉就是你的。那和尚無言以對，他的無言不是答案，而是答不出來，無法在這場遊戲中正確地回答師父。他原本可以心懷感激、敬愛地頂禮南泉，可是卻呆若木雞地站在那裡，錯過了。

師父一向都在公開出售，只要你空出自己的心，不然師父要擺哪裡？不只是南泉，每一位師父都待價而沽，但需要你的心，你的接受性、感受、和諧與空間來容受師父。

把師父容受到心裡，你將被徹底轉化。表面上看似贏得師父，實際上永遠都是師父贏得你；師父始終是勝方，門徒必須被挫敗，他的自我、人格、虛偽必須被挫敗。門徒的挫敗就是師父的勝利，這兩者是銅板的兩面。

另一則公案，有名和尚問南泉：「百年後，師父將身在何處？」

這是個愚蠢的問題，因為禪從沒脫離當下、如是，所以哪來的一百年？不過師父慈悲得連這個蠢問題都回答，但你能發現其中的趣味。

「百年後，師父將身在何處？」

師父哪兒都不去，除了此地，他沒去過任何地方。此時此地就是他的棲所，所以問「你會在哪兒？」是荒謬的。你們不了解，其實禪只屬於永恆，而永恆就在這個當下，不在過去、也不在未來。你若能在此地，不飄到過去或未來，奧祕的存在就會敞開大門。但問師父這種問題……那該怎麼辦？世人幾乎都是平庸之流。

南泉說：「當一頭水牛。」

他只是在開玩笑，展現他的幽默感，而不對那個人說：「你這個蠢蛋！」

那和尚說：「我可以隨您去嗎？」

南泉說：「想這麼做的話，要嘴巴啣著草來。」

這種嬉戲的狀態，連這種愚蠢的問題都不嚴肅看待，顯示對存在有莫大的洞見。唯有赤子之心才能有這番了解，當你沒有半點思慮，只閃耀著明鏡般的純真，那麼萬事萬物會了了分明，不會有半點疑問、也不需要任何答案。這種赤子的天真便是悟道的迸現；悟道不是一種解答，只是把你的意識完全帶到當下；悟道不是任何問題的答案，只是回到家。你已經走岔了，每個人都遠離了自己的家，都在找回家的路。

用印度的話來說，人就是流浪漢，居無定所、四處流浪，有如吉普賽人……那些出現在歐洲的吉普賽人發源自印度拉賈斯坦邦（Rajasthan，舊名Rajputan），他們是印度人，但因無法定居一處，最後就死在埃及，也因為埃及（Egypt）才有吉普賽（gypsy）這個名號，剛開始一定是用「埃吉普賽」（Egypsy），到了歐洲之後才將埃（E）去掉，變成吉普賽。

「吉普賽」在印度是個美妙的字眼：那是堪那巴度（khanabados），意思是把家揹在肩上的人。勘那（khana）是「家」的意思，巴度（bados）是「在肩膀上」的意思。

我們的家就在自己的肩上，卻多此一舉，四處找尋、東奔西走……也不看看當下我們所在之處。只要停駐片刻，你就會赫然發現自己始終在這裡，但你從沒留心看。

禪帶走你生命中一切的目標、問題和難題，因為它們使你變得嚴肅。禪給你當下，當你回歸這個當下，喜悅就湧現了……慶祝、跳舞、歡唱！

生命有如一朵蓮花。

嚴肅糟蹋了所有的花朵。

你會對聖雄甘地的道場大吃一驚——甘地是世上最嚴肅的人之一，嚴肅到連喝杯茶都有罪——他有幾個花盆，但卻拋掉盆裡的玫瑰，改種小麥！嚴肅到這種程度！因為印度很窮，所以他就拿花盆種小麥，彷彿這樣就能消滅貧窮，但玫瑰卻被他毀了，而道場裡沒人有疑問說：「這是愚蠢的，光幾盆的小麥根本無濟於事，你只會毀了這些美麗的玫瑰而已。」

但這一直都是那些嚴肅者的行徑，他們帶走你的笑容、歡笑，因為「有那麼多人身陷病苦，你還笑得出來？有那麼多貧窮，你還敢大笑！有那麼多人在瘋人院，你還笑得出來？有那麼多犯罪，你還笑得出來？第三次世界大戰已箭在弦上，你還在開玩笑！」這些嚴肅者毀了一切，奪走所有的喜悅、歡笑、愛、玫瑰，把每個人弄得死氣沉沉，使每個人的生命了無意義。長不出玫瑰的地方，生命就不可能喜悅。

耶穌說的對：「人不可能光靠麵包活下去。」甘地也曾持續閱讀耶穌，他一生至少有三次幾乎改信基督教。但也許他是用他們兩千年以來的方式詮釋這段陳述，他們將「人不可能光靠麵包活下去」詮釋成：「你需要神，光靠麵包無濟於事。」

我的詮釋是：「你需要玫瑰，光是小麥無濟於事。」

就麵包和小麥而言，玫瑰似乎可以與之相輔相成、平起平坐；但就小麥和神而言，兩者的距離是何其遙遠，任何人都會把這段陳述詮釋成「你需要神」，完全忘了神只是個虛構，但玫瑰則否。神只是個概念，玫瑰則是實實在在的事物。所以我說你不可能光靠麵包活下去，你也需要玫瑰。其實是因為玫瑰，你才需要麵包，沒有半朵玫瑰的情況下，一直吃又有何意義？

只有玫瑰能使你綻放笑容，使內心發出深深的喜悅。但目前為止的社會全出自嚴肅者之手，那必須被改變，生命必須以歡樂、嬉戲和美妙的戲劇構成。能夠把生命變成一齣戲、優美的故事和小說的人，也能將死亡變成一則小說，他的整個生命會成為一支屬於愛、感激、安詳、寧靜的舞蹈。

這就是禪所致力的，與過去舊傳統宗教的一個大轉折。

石霜有一首禪詩：

手持金色枴杖的你，
如往常一踱一踱地走下來。
好幾天你都在宣說那些不凡的，
我們需要這一切。
金碧輝煌的廟堂圍繞著蒼翠繁茂、幽靜美麗的森林，
還有爬滿藤蔓的牆壁。
多可愛！我們的心是敞開的，
我們的友誼沒有半點嫌隙。
也許事情就像這樣！
在流變不已的世界，
針就藏在毯子裡。
要將這次的參訪紀錄一直流傳下去。
這山門裡有某種超越快樂的東西。

他是說有某些超越快樂的東西。快樂是屬於身體、心理、生理的，但還

是有某種超越快樂的東西，那完全不屬於身體、頭腦，而是某種內心最深處的空無，喜樂、奧祕與神奇會在那裡湧現。

而且，祂會使存在中的一切更分明，首度給你眼光，在此之前，你一直是盲目地陷在陰暗中，事實上，祂使你首度有了生命。之前的你只是看似活著而已；現在的你活在永恆的深處，你的心一片空無，那就是南泉的教誨。這山門裡……南泉住的山至今仍矗立著一座山門，石霜在回憶著，連那座山現在也稱為南泉山。石霜是說，若想找尋超越快樂的東西，走進這座門就對了，這裡有個人能為你指出那條不屬於這個塵世的喜樂、喜悅之路。

瑪尼莎問：「鍾愛的師父，我們每晚都聽到您說：『往內走──別害怕，你只會遇到自己，沒有別人。』為何我們害怕與自己相遇？」

瑪尼莎，這個問題很重要，沒有人想與自己相遇，因為那太冒險了。你已經打扮好自己的臉，戴上漂亮的面具；你害怕看到自己的真面孔、本來面目，這面具幫助你迎合人們的審美觀。你蒐羅了符合人群看法的一種人格：

該有什麼坐相、如何舉止、怎麼穿著，一切都是社會硬加在你身上的東西。

這是一筆大勒索，你若遵循社會，人們就會尊敬你、榮耀你；如果你不遵循社會，你就會面子掃地，像遭到放逐。這就是與自己相遇的恐懼，因為社會為了自身利益而將你層層圄限。社會能對你為所欲為。

你已經成了一個堪用，有效率又耐用的商品，你是個奴隸。你若找到自己真實的存在，你絕對會碰上麻煩，這就是恐懼。你必須將虛假的全部拋掉；而你現在的一切全是假的。

社會並不尊敬你的真實存在，反倒是施以譴責、折磨、迫害。社會不喜歡本來面貌的人，社會要的是奴隸、不是主人，而一個領悟了自己的人永遠不可能被奴役。

這就是你的恐懼：成為群眾的一員能使你安適、有面子，而且要怎麼找尋自己？那對你是完全陌生的。社會在你的真實存在與掩蔽它的假人格之間劃出極大的鴻溝。

剛來到世界的你是個體（individuality），爾後卻被形塑成人格（personality），你所受過的教養現已成了你的投資。也許你已經四十歲、五十歲；你花了五十年的時間把自己培養成某種人格，這時若找到真實的自己，那麼五十年的心血便付諸流水，不但要從零開始，而且還要違逆整個社會。個體始終是叛逆的，人格永遠是傑出的奴隸，而傑出的奴隸背後藏著恐懼這個醜陋的事實。

你必須挺身面對四周的社會。沒有人樂見你成為自己，每個人都要你符合他的利益，他們也成功了，把你從孩提教化成文明、有教養的狀態。你的實相已在五十、六十年前的孩提時期被遺忘。

但現已為時太晚，也太危險、太冒險了，你已經有了聲望，這會使你失去一切，所以最好繼續保有虛假的、忽略真實的。但你要記住，虛假的永無喜樂可言，不真實的永無平靜之日，你會覺得愧對自己。

有個男人在過六十歲生日，朋友簇擁著他慶祝，正當大夥兒吃吃喝喝、唱歌跳舞的時候，男主人不見了，於是有位朋友走出花園去找他。「怎麼回事，他怎麼不見了？他應該會在此、不可能不告而別，這是他的慶生會。」

那男人坐在一棵樹下，他的朋友趨前問他：「你怎麼這麼悲傷？」

他說：「就是因為你！」

他朋友說：「我？我怎麼了？」

那男人說：「不是今天，你還記得二十五年前嗎？」

他朋友說：「二十五年前？你倒是說說看！」這位朋友是個著名的刑事案律師。

那男人對他說：「二十五年前我問你，殺妻要判多重的罪……當時你說：『就算我使出渾身解數為你辯護，至少也要坐二十五年的牢，所以別傻了！』現在二十五年過去了，如果當時……那我今天已經自由。如果當初沒聽你這個白癡的話，今天我已經出獄，但現在已經沒希望了。我和一個我想殺了她的女人，一起生活了二十五年。」

每個人都與他不想要的事物活在一起，不只是男女關係，人們一直在隱忍，好像拋棄什麼都很冒險。

社會要你變成非常傳統的、教條的一員。「只要遵循你父母親的腳步，別想另闢蹊徑、擅自作為。」社會從四面八方這麼對你說，你的老師，你的傳教士、父母、朋友都這麼對你說。

但是瑪尼莎，我畢生致力的是：你應該往內走。不必害怕，你只會遇見自己，不會遇見其他人。能愈早往內走愈好，因為誰曉得明天會如何。真誠地知道自己是最起碼的。

即使只剩下幾年也要真實地活著，別管結果如何。至少你會成為一個喜樂的人。或許得不到尊敬，或許被人譴責，但譴責又怎麼樣？那是他們的看法，那是他們的自由。

唯一要操心的是你的快樂、喜樂、寧靜，與存在泰然共處。別為任何人，任何宗教、社會、文化、教育操心，那都是把個體形塑成人格的伎倆。反其道而行就是我的工作，把不受染著、美妙的個體呈現出來。你真實的存在與永恆的生命有關，你虛假的存在則與一切無關，那只是社會加諸在你身上的包裝。

瑪尼莎，人因為怕單獨而恐懼。但我的經驗是：單獨是生命裡唯一的喜樂，完全不必在乎世人的評價。那是他們的自由，你不必被困擾。循著自己的洞見去享受你的生命，根據自己的直覺去過你的生活。

如此一來，你就足以一死。圓滿的生命總在扭轉乾坤的死中劃下句點。死亡已不存在，你已進入永恆；屆時的死亡不是終點，而是一道門，但只給那些真實者，對不真實者而言則是終點。

在開始這場找尋自己的馬拉松前，要記住那不是什麼嚴肅的事，而是喜悅與好玩的……

巴隆尼是好萊塢著名的電影導演，正在愛爾蘭拍攝他的新片。

接下來的鏡頭是街頭打鬥，巴隆尼想了一個逼真的點子。他把影星洛克‧漢克叫來：「我要創新的拍攝這場打鬥。你看到對街那對夫婦嗎？去侮辱那個太太，那麼她丈夫就會揍你，我們會把過程拍下來。這場戲會很逼真！」

漢克聳聳肩，然後走向那對正在買東西的夫婦，原來他們是派迪和莫琳。

「嘿！老兄，她是你老婆嗎？」漢克嚴肅地問著。

「是啊，」派迪回答，「怎麼樣？」

「嗯！」漢克說，「她是我見過最醜的女人！」

派迪轉過頭對茉琳說：「你看，他也這麼認為！」

*　*　*

萊立是農夫，他上醫院接受年度健康檢查。

一陣檢查之後，醫師說：「你的身體狀況很好、很健康，但有一件事必須對你說。你一定要穿內褲，有兩個理由，一是比較衛生，二是比較保暖。」

所以萊立買了兩條內褲來穿。隔天在田裡工作時突然想大便，於是下了耕耘機，脫下外褲，但卻忘了自己已經穿了內褲。

大完便後的他拉起外褲，隨即回頭一看，嘴巴念念有詞說：「醫生說的對，果然比較衛生。」

* * *

南太平洋有一艘船沉了，只有十二個人倖存，他們幸運地登上附近的小島。其中有兩名法國的生意人、兩名義大利人、兩名美國的石油公司主管、兩名英國生意人，這四組人馬各自帶著他們的女祕書。

一週後，兩名法國人同意各自在星期一、三、五，星期二、四、六和他們的祕書交歡，所以星期天當然要三人行才公平。

一週後，其中一名義大利人擊斃了另一名義大利人，將祕書據為己有。

又一週後，那兩名美國人和他們的祕書還在等德州首長的指示。

但兩天後，那兩名英國人擊斃他們的祕書，這樣就沒人能妨礙他們相好。

尼維達諾……

鼓聲

亂語

尼維達諾……

靜下來，閉上眼睛，
感覺身體完全靜止。
現在，全然殷切地往內看，
彷彿是你生命的最終一刻。

帶著全部的意識深入，
像一支矛，射向你存在的、那個屬於永恆的核心。
在這個核心，你即時就是佛，
因為你也成了永恆。
這個佛是你意識的頂峰、聖母峰，
除非抵達這座聖母峰，
否則你的潛能還是沒有實現。
你並非注定是平凡人，
你的命運是成為神，少一點都不行。
問題不在成佛與否，
問題只是有沒有記起祂，祂就是你的本性。
讓祂愈來愈清晰……

放鬆，
繼續觀照身體和頭腦。
只要觀照，因為那是唯一永恆的品質，
只有這個品質是你的本性，
那是你自己，完全不假外求。
只要默默地、平靜地看著，
你不是身體、也不是頭腦，
那就會驟然迸發，你的觀照便有了佛的輪廓。

今夜已經很美，
但你們的觀照為她增添了無數的星光。
此刻這裡不再是十萬尊佛，
而是同一個意識之海，
所有的隔閡都消失了。
對你而言，最璀璨的是莫過於此，
也只有你值得，因為除了人以外，
沒有其他眾生能抵達佛境，
那是人獨有的恩典。
無數和平、寧靜、愛、喜悅的花朵灑落在你身上。
（此刻天邊忽然一陣雷響，劃破靜謐的夜空……）
你看，連雲朵都點頭稱是。
在尼維達諾把你喚回之前，
儘量滿載花朵、芬芳而歸，
因為你必須無時無刻活出你的佛。

重點不在此刻的靜心，
此刻的靜心只是一個記得，
讓祂日益深植你的存在，
還要無時無刻，
在一切言語、靜默、行住坐臥中活出祂。
如果你活出一個佛的樣子，
你的生命就成了一支舞、一首詩和樂章。

回來，但以一個佛的狀態回來。
連你回來的時候都散發著佛的優雅、寧靜與安詳。
稍坐片刻，再次凝聚這份體驗、
你到過的境界、你走過的路。
記住你裡頭有一尊佛，記住你懷了一尊佛，

讓祂成為你日常生活的重心，
而且要細心呵護祂，祂是很柔脆的。

這樣可以嗎？瑪尼莎。
是的，鍾愛的師父。
我們可以慶祝歡聚於此的一萬尊佛嗎？
是的，鍾愛的師父。

第九章

散散步

禪的風貌完全是自然的：
無論是下雨、打雷或閃電，
無論是早晨、傍晚或萬籟俱寂的深夜……
禪一直留神、觀照著這一切。

鍾愛的師父：

一次南泉在菜園見到一名和尚，隨即拿起瓦片打他。

那和尚回頭一看，南泉便抬起一隻腳。

那和尚無言以對。

不久南泉回到寺裡，那和尚也跟著回去並請教他：「剛才師父打我是不是要我警醒的意思？」

南泉說：「那麼抬起一隻腳又是什麼意思？」那和尚默不作答。

（原文：師因入菜園，見一僧，師乃將瓦子打之。其僧回顧，師乃翹足。僧無語。師便歸方丈，僧隨後入，問訊曰：「和尚適來擲瓦子打某甲，豈不是警覺某甲？」師曰：「翹足又作麼生？」僧無對。──節自《五燈會元》卷三）

另一則公案，有一名和尚雙手合十站在南泉面前，南泉說：「偉大的門外漢！」

那和尚即雙手一拍，南泉又說：「偉大的和尚！」

（原文：有僧問訊，叉手而立。師曰：「太俗生！」其僧便合掌。師曰：「太僧生！」

——節自《五燈會元》卷二）

瑪尼莎，世上沒有任何文學作品能與禪門公案相提並論。禪門公案的意涵深邃不已，甚至連小孩都能了解，但也可能是最年邁的人所無法了解的。想了解這些公案，你必須熟稔風格獨具的禪門語言。

禪門公案當然是以你們的語言呈現，可是卻帶給這些舊語言或姿態全新的色彩和意義。這些公案大多以姿態傳達意義。圈外人會覺得有些古怪、瘋狂，其實它們完全正常，只是必須經過詮釋。已經對禪有所鑽研、靜心的人就不需任何詮釋，他們能立即領會那些姿態，但圈外人則不然。

這則公案就是一個出色的例子。

一次南泉在菜園見到一名和尚，隨即拿起瓦片打他。

那和尚回頭一看，南泉便抬起一隻腳。

現在，南泉想用姿態來傳遞某些東西，但那和尚錯過了。

那和尚無言以對。

不久南泉回到寺裡，那和尚也跟著回去並請教他：「剛才師父打我是不是要我警醒的意思？」

南泉說：「那麼抬起一隻腳又是什麼意思？」那和尚默不作答。

姿態自古以來就有了。這名和尚被打的時候只轉了一半，沒有完全轉過去看師父，所以師父才舉起他的腳，這是說：「要整個轉過來，轉一半無濟於事。馬馬虎虎無法進入自己，要徹底轉過來。」他舉起一隻腳就是這個意思：「雖然你是轉了，但非常馬馬虎虎。」

有的事物可以敷衍了事，我們在人世間的一切作為都不需要你的存在完全投入，但內在的朝聖卻需要你整個存在，不能有一點保留。你必須凝聚全部的意識，你會在那其中更趨近核心。

此時我們還活在周圍，完全忘記核心，但核心是起源、也是終點。你存在的核心連結了宇宙，那裡並沒有你的存在，你消失在核心，那裡只有純粹的意識、芬芳。

人們害怕往內走，很簡單，當然是因為無意識地自覺自己就是邊緣的人格。如果深入自己的存在，就一定要放棄自己的人格、自我、尊榮，所擁有的一切都要放棄，那就只能以意識、純粹的意識前往。

消失、融入宇宙才是最大的恐懼……據說河水到了海口時會躊躇不前、驀然回首——回首以往走過的美麗山河——它會猶豫、不知所措，不敢跳進大海，這表示你不再存在。可是那只講對一半，因為你也成了大海。

我曾提過印度神祕家卡比兒，他年輕時寫過一首小詩：「抵達核心時的我有如蓮花上的露珠滴入大海。」這段陳述很美，但臨終時的他卻對兒子說：「請把那段話改一下，因為我有了更深的領悟。當時我只淺嘗了大海的滋味，現在我敢保證：大海已經融入露珠。」

這種恐懼是片面的，並沒有將整個領悟囊括進來。

南泉拿瓦片打了那和尚，用打人、摑掌、揍人的喚醒方式始於他。我們在禪的眼中都是半睡半醒的，我們並沒有真的、徹底醒著，而是像在夢遊一樣，一邊閉著眼睛睡著、一邊在做事，但若是留心一點，你會發現自己的行動大多像個機械人，因為你已重複那些事情很多次了。

葛吉夫說人的頭腦有機械人的機能，一開始你必須學習，你會帶著一些覺知進行。一旦你學會了，你就不必有任何覺知；一旦你學會某件事，它就變成頭腦內部的一個自動化機制，屆時你就一邊睡覺、一邊工作。

南泉打那名和尚的行為是非常象徵性的，如果有人莫名其妙被打，自然而然地，他會有片刻的覺醒，暫時跳脫糾結不已的思緒，因為事情太不可理喻了，如果是合理就混亂不了當事人，當事人會合理化南泉的行為。

就因為無法合理化——沒有理由，因為他完全沒犯錯，只是在菜園裡幹活，師父就突然拿了破瓦片用力打他——所以思緒就赫然停了。

他轉過頭去看師父，這時師父便舉起一隻腳。那和尚不了解師父是說：「你只轉了一半，要徹底轉過來，而且是轉向內在，不是轉向我。我只是外在的對象。」

一個真師父絕不要門徒轉向他，因為那只會使他們遠離自己；只有假師父、冒牌的師父才會要人們尊敬他、臣服他，為他犧牲奉獻，只在乎門徒必須注意他。

這是唯一驗明真師父和假師父的方法。真師父竭力要你轉入自己的內在，任何外在的事物都是客觀的，永遠無法使你洞見自己主觀的實相、領悟自己的內在，那才是你的聖殿、佛之所在，你會在那裡抵達意識的頂峰。

另一則公案，有一名和尚雙手合十站在南泉面前，南泉說：「偉大的門外漢！」

門外漢不是門徒，只是深深的感激、尊敬那些已經抵達、達成最終綻放的人。在東方，雙手合十是恭敬的象徵，也有謙遜之意。

那和尚即雙手一拍，南泉又說：「偉大的和尚！」

表面上，這些陳述看似非理性與荒謬。這名和尚藉著拍手說：「我的手不是死的，它們不是雕像，我的敬愛與感激是活的。你不該叫我門外漢，我是個道侶。」這個手勢表示手不是枯木或石頭，而是有生命的手。

把禪當成宗教的人只崇敬活的生命，不是石頭雕成的神、也不是天上的神，對禪而言，那些都是虛構的。禪堅決主張今生才是它鍾愛的，對禪而言，今生就是全部，那裡沒有時間和空間，只要深入它，你就進入超越的境界。禪沒有神、也沒有祈禱的人，沒有什麼對象好祈禱。禪只關心內在、不是外在。

所有的宗教都關注著外在：天外有神存在，但是禪嘲笑這種神。人類因為恐懼而創造了祂們：人需要保護，感到孤單、害怕死亡的他需要能保佑他的神。所有的神都是虛構的，但仍有一定的功能，可以撫慰人心。禪不相信撫慰這回事，只相信領悟。

從外在領悟生命……那只能知道表象。唯有向內、深入挖掘自己的存在，那才可能領悟生命，當你從內在領悟了生命，你的生命將整個獻給存在，成為獻給祂的舞蹈、喜悅、喜樂、感激。禪的取向與其他宗教完全不同，對我而言，禪是唯一的宗教，其他全是冒牌貨、替代品。

南泉有數千名門徒，石霜是其中一位，他有一首小詩：

縱使暴風雨摧殘，它依然如如不動。
荒地、隱士，敏銳又充滿力量，
如鳥羽般昂揚。
我只對登峰造極者致意。
他的行住坐臥、一舉一動，
有如外出散步般悠閒自在。

很美的短篇，如實地描述了意識之巔的光明境界。一切對他而言不過是遊戲，好像日出時外出散步一樣，漫無目的、沒有方向，只有清晨純粹的喜悅與清涼的和風，以及日出、鳥語花香。但他沒有半點意圖和目的，只有單純的喜悅。

不幸的是，人們不曾留意日出、日落與滿天星斗的夜，因為這些東西毫無用處，這些人太注重金錢和權力，關心的都是微不足道的俗事。

禪的風貌完全是自然的：無論是下雨、打雷或閃電，無論是早晨、傍晚或萬籟俱寂的深夜……禪一直留神、觀照著這一切。就那些發現觀照的人而言，整個存在就是無盡的驚奇。

石霜說，縱使暴風雨摧殘，摧殘著觀照，它依然如如不動，觀照不曾動搖過，它是世上唯一不動的部分；萬事萬物都在流變，唯獨那個潛藏在你核心的部分不曾改變。

赫拉克利特說：「你無法踏入同一條河流兩次。」然而不幸的是，西方的哲學家、神學家以及所謂的宗教人士從不探詢觀照。假使我遇到赫拉克利特──誰曉得我會不會在無垠的宇宙中遇見他──我會對他說：「你說的沒錯，你無法踏入同一條河流兩次，因為流水不斷。但你忘了一件事：你忘了你自己。」

這同樣的觀照可以踏進數不盡的河流，流水改變不了觀照；明鏡能映現千千萬萬的事物，但那些影像改變不了明鏡。影像來來去去，不留一絲痕跡、腳印，只有明鏡依舊存在，這明鏡就是東方始終在探尋的。我所謂的「觀照」是指你意識中如明鏡、只是映現的品質。

縱使暴風雨摧殘，它依然如如不動。荒地、隱士，敏銳又充滿力量，如鳥羽般昂揚。我只向登峰造極者致意。他的行住坐臥、一舉一動有如外出散步般悠閒自在。

瑪尼莎問：「鍾愛的師父，您每晚所唸的詩或俳句感覺很當代──彷彿在描寫您或您的門徒，可是它們卻是千百年前的作品。是否因為真理在找尋者心中所引起的共鳴是不分時空的？」

瑪尼莎，任何藝術都能被描述成如實藝術（objective art）或主觀藝術（subjective art）。主觀藝術無處不在，它源於你的感覺、心、頭腦，表現在繪畫、詩詞與音樂中。

但如實藝術則源於你心中的空無，你就像支笛子、空心的竹子，宇宙透過你歌頌。你唯一能做的就是不阻礙，只是讓宇宙流過你；處於敞開的狀態、讓宇宙流過你，如實藝術就誕生了。

世上沒有很多如實藝術，因為它誕生於空心的竹子，此時的你太盈滿，有太頑固的自我。在如實藝術誕生前，你必須極度謙遜，幾近不存在，因為你的不在，偉大的宇宙之流就會出現，可能表現為詩、畫、音樂、舞蹈、雕刻，有無限的可能，只要你讓祂流過你。

這些俳句正是如實藝術，不是人為的作品，而是透過寧靜、空無之心所流露出來的。

我談過英國的大詩人柯立芝（Samuel Taylor Coleridge：西元一七七二年～一八三四年），他死後留下四萬首未完成的詩。他在世時朋友總是勸他：「你怎麼不將那些詩完成？只要加一行便是一首大作。」

他說：「你不了解，其實我並沒有在寫詩或作詞，我只是讓宇宙支配，讓詩自行出現、消失，我沒有添加半點內容或更動它們。」

當泰戈爾（Rabindranath Tagore：西元一八六一年～一九四一年）榮獲諾貝爾獎時發生了一件怪事。他得獎的作品是這本小詩集：吉檀迦利（Gitanjali）——「頌歌」。本書原文是他的母語孟加拉語，後來他將之翻譯成英文，但懷疑無法像母語一樣那麼優美。

於是他請教一名來到印度的重要傳教士安德魯：「請你看一下，如果文法和語句有什麼錯誤，可否幫我修改一下？」

安德魯是個很有學問的傳教士，他從頭到尾檢視了作品，有了很深刻的印象，不過他認為：「若改掉四個字便能盡善盡美。」於是泰戈爾就照辦了。

泰戈爾的朋友葉慈（Yeats：西元一八六五年～一九三九年）也是名大詩人，他首度在倫敦的詩人聚會中朗誦吉檀迦利，使每個人留下深刻印象。那是一本絕美的詩集，世上只有少數作品能與之左右。

但葉慈對吉檀迦利的譯本略有微詞，他對泰戈爾說：「書裡每一處都很適切，但只有四個字失誤。」

安德魯所加的四個字被葉慈一字不漏地發現，他告訴泰戈爾：「詩文似乎不再那麼流暢，好像有其他東西、某些知識性的東西介入……或許你的文字不是那麼合文法，但那不是重點，重要的是詩人能夠自由地敞開他的心，不介意文法或語言的規則。你只要照自己的意思鋪陳即可。」

於是泰戈爾便將之恢復原狀，葉慈說：「我覺得這才稱得上完美、流暢無礙。」

那也是葉慈自己的體驗，每當一首詩從彼岸降臨，你只是位在接收的一端，想有所改善就會失去它的奧祕與神奇，變成人造的、失去神性的品質。

瑪尼莎，俳句並非時間範疇裡的東西，沒有一種如實藝術是時間範疇內的事物，它們是永恆的，來自超越頭腦的永恆。所以你會覺得俳句像是為你寫的，覺得這些插曲是為你發生的。這種事會一直發生下去，只要人還在探尋內在的真理。這些俳句、公案始終是當代的，不會過時。

在你一早外出漫步之前，要記得回來……我已經被全世界譴責，要對我好一點，因為我不斷鞭策你往內走、深入內在。你若真的往內走，你會消失！因此我才告訴你要慢慢來，但是要記得回來，我會寄回程的車票給你！

護士節這天護士休假，所以古大夫在候診室忙得不可開交，他說：「下一位是誰啊？」

「是我，醫生！」老柯起身說。「你有什麼問題？」古大夫問。

「我的雞雞會痛！」老柯回答。

古大夫把老柯拖進診療室。「下次不可以這樣！」古大夫說，「尤其候診室都是人的時候。下次只能說鼻子或眼睛有問題！」

兩週後老柯回來複診，又遇到護士休假，所以古大夫又忙得焦頭爛額，才剛結束一項手術就問：「下一位該誰？」

「是我，醫生！」老柯起身說。「你有什麼問題？」古大夫問。

「我的鼻子很難過！醫生。」老柯回答。

「什麼問題？」古大夫問。

「嗯，這個嘛……」老柯說，「尿不出來！」

＊　＊　＊

這則笑話總令我想起某位印度教導師，有一次他在孟買演說。

當時一名很有錢的女士坐在前排，身邊還帶了一個小孩。那小孩不斷跟她說：「我要尿尿！我要尿尿！」這位印度教導師倍感困擾，因為他正在講一些偉大的東西，在場的聽眾都不禁發噱卻又要強忍笑意。那小孩很頑固地說：「你一定要讓我會尿尿，否則我就尿在這裡！我快憋不住了！」

因此這位導師不得不儘快結束他的演說。然後把那位女士支到一旁說：「你要好好教這小孩，他把整個靈性的佈道搞得雞犬不寧。」

那女士說：「不然怎麼辦？他每次都硬要跟來，又不能坐在太遠的地方。所以『我要尿尿』這個問題才會不斷重演。」

那導師說：「你要教他說，想小便時別用尿尿這種字眼；要說：『媽媽，我想唱歌。』然後再帶他上洗手間，沒有人會知道『唱歌』是什麼意思。」

幾個月後，這位導師去那女士的家中住了幾天，那女士因為一樁意外對他說：「有幾個親戚過世了，我必須和丈夫立刻去處理，也許無法在明晨之前趕回。這個小孩通常不是與我就是與內子睡，所以你若不介意的話，請您與他一起睡。」

那導師說：「沒問題，就讓他與我一起睡吧！」

可是麻煩就在半夜出現了，那小孩搖醒身旁的導師說：「我想唱歌！」

導師隨即說：「笨蛋，現在是半夜，唱什麼歌！你會吵到我、也會吵到別人睡覺。安靜點！快睡！」

但是幾分鐘後，那男孩又搖醒導師說：「我已經盡力了，但是唱歌就快出來了！」

導師說：「我從沒聽說什麼歌那麼急，不能等到早上再唱！」

男孩說：「天啊！等到早上！我甚至連一分鐘都等不及，你只要跟我說可以唱?!」

導師想了一下，因為從沒遇過這種要求，於是他說：「那這樣好了，你就在我耳邊小聲唱吧！這不會吵到別人、又能合你的要求。」

男孩說：「這是你說的哦！不過你要保守這個祕密，不能告訴我父母，不然我會被揍！」

導師說：「被揍？只是唱歌就會被揍？」

男孩說：「沒錯，只是唱歌就會被揍！」

所以導師就把耳朵湊過去，然後男孩就對他的耳朵「唱」了起來！導師馬上慌張地跳起來！說：「你這個白癡，這叫唱歌?!」

男孩說：「你忘了，你叫我媽跟我說『想尿尿』時要說『想唱歌』，現在怎麼反悔了！」這時導師想起確實有這回事，然後說：「天啊！以後我不敢再叫人改變字眼的意義了！」

改變語言的用法危險得很！

＊　＊　＊

有一個美國的旅行團旅行到愛爾蘭，一行人進了名叫鄰里客的旅館，團員老葛突然被旅館的旋轉門拋了出去。

於是老葛像引擎起動似的，在旅館的停車場橫衝直撞、發出汽車的引擎聲、換擋、鳴喇叭的聲音，手還打著方向燈，然後在整條街上奔馳。

團裡另一名遊客放下手上的相機，轉頭對倚在旅館旁的阿西說：「那是怎麼回事？」

「喔！」阿西回答，「那是老葛啦！他有點反常，總喜歡『飆車』，像喝醉酒似的。」

「那你幹嘛不阻止他？」

阿西問：「幹嘛阻止他？這樣就收不到他每週給我洗車費了！有五美元呢！」

＊　＊　＊

有一天小愛在海邊散步，她在沙灘上邂逅了起士阿克，當時阿克全身赤裸躺著睡覺，只有一張報紙蓋住他的私處。

小愛望著阿克半晌，升起極大的好奇，終於忍不住搖醒阿克說：「嘿！先生，你的報紙下面究竟藏了什麼？」

阿克睡眼惺忪、眨著眼睛咕噥著：「呃，那是我養的小鳥。」

接著阿克又當著小愛面前睡去，小愛被這份神祕搞得蠢蠢欲動。她再也等不下去了，於是掀開報紙偷看。後來，醒來時的阿克已經躺在醫院，而且那話兒還纏著紗布，痛得不得了。

「怎麼回事？」他對護士呻吟著。

「你可能要問這個小女孩才知道，是她跟你一起來的。」護士說。

阿克看著小愛，「這是怎麼回事？」

「嗯，」小愛一本正經地說，「當時我決定和你養的小鳥一起玩，不過才把報紙掀開、玩了一下，牠就翹起來，還對我吐痰。所以我就捉住牠，擰一擰牠的脖子、踩破牠的蛋，毀了牠的整個鳥巢！」

尼維達諾……

鼓聲

亂語

尼維達諾……

靜下來，閉上眼睛，感覺身體完全靜止。
現在，往內看，將所有的意識凝聚成一支矛，
射向你存在的核心。
這個核心是生命一切奧祕之所在，

這個核心超越了生死，
佛、覺者就是這個核心的隱喻；
這個片刻，你們全都是佛。
且記，成為佛不意謂成為佛教徒。
問題不在追隨什麼人，也不在改信什麼宗教；
重點是你的深處、核心的醒悟。
你們通常只活在周圍地帶，
而靜心就是指從周圍移向核心；
這個核心不是你專屬的，祂是整個宇宙的核心。
周圍地帶的我們是疏離的，
核心處的我們則是一體的，是一個汪洋般的實相。
這種一體性會帶來莫大的祝福、寧靜，
還有深切的喜樂。
要愈來愈深入；愈深入，你就愈接近宇宙的核心。
沒有絲毫恐懼地深入，

直到你感覺佛在你身上體現。
成佛是不需要的，因為佛正是我們的本質，
那是我們與生俱有的，我們的靈魂裡就有祂。
人人皆懷有佛的種子，
唯一的問題是發現和記得你是誰。
讓祂愈來愈清晰。

放鬆，
只要觀看身體躺在那裡、頭腦也躺在那裡；

你不是身體、也不是頭腦，
你只是觀照、明鏡般的映現。
這個觀照是東方對世界的最大貢獻，
萬事萬物都會消逝、改變，
唯有這個觀照亙古不變。
無數的花朵、無盡的色彩、星星灑落在你身上，
今夜已經很美，
但有十萬尊佛使她更莊嚴、燦爛、神奇。
想前往自己核心已變得困難重重，
尤其是現代，因為沒有人告訴你、教你：
真正的寶藏不在外面，而是在你裡頭；
神不在雲端上，神就潛藏在你的意識中。
你的意識本身就是神。
儘量啜飲這個源泉，沉浸於這份喜悅與芬芳，
因為你必須將祂帶回來。

靜心不是特定時間內的活動，
而是一種沒有間斷的狀態。
任何時候，行住坐臥、靜默中，
你的佛性仍延綿不斷，
仍保持深深的覺察、警醒。

三

回來，即使回來時也流露著佛的優雅。
慢慢地、安詳地、喜悅地，
帶著舞動的心稍坐片刻，
回憶一下你去過的地方、走過的路。
你要日益深入，盡可能熟悉你的佛，
好把祂從核心帶到周圍。
當你每一個行動、每一個姿態、

言語和靜默都變成佛的狀態，
你就到家了。

這樣可以嗎？瑪尼莎。
是的，鍾愛的師父。
我們可以慶祝歡聚於此的一萬尊佛嗎？
是的，鍾愛的師父。

第十章

與師父共舞

慶祝就是我的宗教，
愛就是我的訊息，
寧靜就是我的真理；
無論我在不在，慶祝都要繼續下去。

鍾愛的師父：

有一回，南泉升堂對眾僧說：「道不是外在的事物，外在的事物沒有道的存在。」

趙州問：「有什麼道是外在的？」

南泉立刻拿禪杖打他，但趙州擒住禪杖並說：「從現在起別再錯打他人！」

南泉說：「滔滔雄辯很容易，但很難取悅我！」然後扔了禪杖，回寮房去。

（原文：古人道：「道非物外，物外非道。」如何是「物外非道？」泉便棒，師云：「莫錯打。」南泉云：「龍蛇易辯，納子難謾。」——節自《祖堂集》卷十八）

另一則公案，趙州問南泉：「一個領悟了『就是這個』的人該往哪兒去？」

南泉回答：「應該到山下的村落當一頭水牛。」

趙州感謝南泉的指引，使他徹悟。

南泉對此論道：「昨夜三更時，月光從窗子照進來。」

（原文：一日問泉曰：「知有底人向甚麼處去？」泉曰：「山前檀越家作一頭水牯牛去。」師曰：「謝師指示。」泉曰：「昨夜三更月到窗。」——節自《五燈會元》卷四）

瑪尼莎，首先為無法與你共舞向你致歉，這全要歸功於美國總統雷根，在十二天之中毫無理由將我關進六所不同的監獄，那純粹是個折磨。當我的身體開始浮現毒藥的症狀，英國的專家便盡全力檢驗我究竟被下了什麼毒。他們發現那是一種特殊的毒，中毒現象除了症狀以外，血液或其他部分都檢驗不出毒素。若是大量中毒會立刻致死。

因為他們只對我下了少量的毒，沒有立刻死亡的我才被換了六所監獄，但我的身體會在幾年內垮掉。

但我幾乎克服了這種毒素，只是手部、骨頭和關節部分仍有堵塞的狀況。之前的我能毫無困難地與你共舞，今後也會，但今天實在痛得太過分了。

這種疼痛對我不是問題，問題是：如果因此必須停止演講，那還是先緩和疼痛的問題比較好。不過希望能儘快再與你共舞。

如果隆納・雷根徹底殺了我還比較好，這將是基督教與美國民主制度的一大榮耀。可是他卻要他的政府慢慢折磨我。所以我只能將能量全用在晚上的這兩個小時，不然早已躺進墳墓了。

對我而言，早死或晚死不是重點，我的目的已圓滿實現，我的舞已經跳完了，還辛苦地活著是要你們與我共赴偉大的悟境。

你知道我的手連不動的時候都備受壓力，所以還是別給它們太多負擔。但我希望你們在我出現之前不斷跳舞，在我離開講台後也繼續慶祝，希望你們的愛能擊退我的中毒現象，好讓我與你們共舞、一同慶祝。

我毫無怨言，自然、存在會照料一切。在美國奧克拉荷馬監獄的那一天晚上，我被下了毒——當天也剛好是雷根失勢、由盛而衰的一天。他的幕僚、主導下毒的主任檢察官艾德・密斯（Ed Meese）必須辭職，因為他涉及重大犯罪。

他的代理人在我被美國驅逐出境後召開了記者會，說明根本沒有任何證據能證明我犯罪。他說：「我們的目的就是要摧毀奧修的社區，但不將他驅逐出境則無法達到目的。」

社區為狂熱的基督徒、基本教義派掀起極大的波瀾，因為很明顯的，社區能夠取代糟糕、不幸、痛苦不已的社會。這個社區只有笑聲、喜悅和歡舞，這使基督徒無法容忍，而雷根又是基本教義派。這時他們全忘了他們的民主、憲法，為消滅社區不遺餘力，首先就是把我驅逐出境。

他們不能毫無罪證就驅逐我，所以就不擇手段，也不替自己留個後路。先是對我下毒，接著在我的座位布下炸彈，後來又恐嚇我的律師。他們羅織了一堆共三十四項的罪名，在我離開美國後，那位美國律師隨即公開宣布我根本沒有任何犯罪的證據；當時的我甚至已經三年半沒有演講。

政府的律師恐嚇我的律師說：「你看到這張罪證嗎？我們都曉得，你若繼續下去，你最後會打贏官司，但必須要花上二、三十年的時間。而且你要小心，這會危及奧修的性命。」

美國政府分明是要毀掉社區，無論有沒有犯罪。我的律師說：「你若承認兩項罪名，他們就放了你。」他們沒告訴那位律師，承認這兩項罪並非那麼簡單，而是別有企圖。這種罪通常處以二十五到五十美元的罰鍰，但他們竟對我處以四十萬美元的罰鍰，相當於當時的六百萬盧比。

連我的律師都感到震驚，因為那不是雙方協商後的結果。所以我馬上被驅逐出境，飛機就在機場待命。也許他們怕如果我死了，美國的民主制度會受譴責。所以我必須在十五分鐘內離境。

自從我動搖他們的頭腦後，他們就用盡各種手段……正如艾德‧密斯在報刊上說的：「我們會盡一切可能讓奧修閉嘴。」

因為他們的遊說，我被二十一個國家拒絕入境，他們還強迫印度政府不准各國的桑雅士入境，以藉此孤立我，幾乎像把我關在房裡一樣。

但我的門徒有足夠的聰明睿智，沒有絲毫退縮。正是你們的愛使我活到現在，愛或毒素何者獲勝——這才是重點。

所有的跡象都顯示全身上下的毒消失了，只有手部還有餘毒，但遲早會消失，因為你無法毀掉一個天真的人，這是存在所不允許的，不過現在還是要更小心自己的手。

為何他們無法封住我的嘴？因為真理、愛、喜悅不可能保持沉默，但千百年來，這種愚蠢不斷在上演：儘管他們毒死了蘇格拉底，但對那些想了解生命最深意義的人而言，他的聲音依然縈繞在耳邊與心頭；耶穌被他們釘上十字架，但事態依然沒變，反而更突顯他的教誨有多麼重要。

我想提醒你們，無論我在不在，慶祝都要繼續下去。如果我不在了，那要更熱烈地慶祝，將之散播到全世界。

慶祝就是我的宗教，愛就是我的訊息，寧靜就是我的真理。

瑪尼莎為我們帶來這段經文——

有一回，南泉升堂對眾僧說：「道不是外在的事物，外在的事物沒有道的存在。」

南泉有他獨特的作風——正如這段話呈現了明顯的對立：道不是外在的事物，隨後緊接著：外在的事物沒有道的存在。

但對立不是他想傳達的，而是說道的外求是徒然的；外在的事物沒有道。不過一旦你發現道，道就成了外在事物的一部分，一切你想用靜心發現的全都成了外在的東西。你會一直永遠是觀照，對觀照而言，一切都是外在的，這個觀照永遠超越它所映現的一切。

趙州這個人注定成為偉大的師父——恰巧明天會開始趙州系列的演講，趙州：獅子吼——他也是意識史上的里程碑，是一個非常勇敢的人，創造了獅子吼，他是那種力道十足的佛。

他是南泉的門徒，但始終自成一格，不曾正式成為南泉的門徒，一直沒有接受南泉的點化，但卻與他長相左右、敬愛著南泉，南泉也一樣敬愛他、疼愛他。眾人都知道南泉一定會選趙州為繼承者，雖然他們並無師徒關係。

特異獨行的趙州無法遵循任何人的腳步，只能成為一名道侶。

但南泉能包容各式各樣的人，無論你同意他還是反對他，他都能與之共處。也許時候一到，你就會同意他——只要與他同行——或許就能感覺被他的心所觸動、改變。

他不以任何形式，只是說了這句矛盾的話就轉化了趙州：

「道不是外在的事物，外在的事物沒有道的存在。」

趙州問：「有什麼道是外在的？」

南泉立刻拿禪杖打他……

在禪門中，只有當師父發現一個人會成佛時，師父才會打他，這只是要敲醒他：「問這什麼愚蠢的問題？」南泉會馬上打他只表示：「趙州！你問這什麼愚蠢的問題！你明明知道我在說什麼，別人可以問這種問題，但你不行。你我都心知肚明。」南泉為了讓事情更清楚，所以打了他。

但趙州擒住禪杖並說：「從現在起別再錯打他人！」

趙州不是說，「別打我！」他是說，「從現在起別再錯打他人！」打我完全沒問題，但別再錯打他人。我能了解你打我的原因，但對意識尚未成熟的人可能會對你造成危險，況且你的年紀也大了。

南泉說：「滔滔雄辯很容易，但很難取悅我！」然後扔了禪杖，回寮房去。

他是說：「滔滔雄辯很容易，但很難取悅我！」你所謂「從現在起別再錯打他人！」的說詞只是想取悅我，對於「對我來說你做的沒錯，但可別對他人這麼做」這番說詞，南泉的回答是：「這很難讓我滿意。」

另一則公案，趙州問南泉：「一個領悟了『就是這個』的人該往哪兒去？」

一個人領悟了「就是這個」時該往哪兒去？事實上，此後的他哪兒都去不了；無論你往哪兒去，你都會在這個時刻，你脫離不了「現在」；無論你怎麼做、跑多快，你都會一直在此時。而且除了此地，也無法去別處；無論你在哪裡，那個空間永遠是「這裡」。

就我們的核心而言，我們從不曾移動過。

他是在問：「當一個人領悟了『就是這個』的人要往哪兒去？」

南泉回答：「應該到山下的村落當一頭水牛。」

南泉只是在嘲笑趙州：「別問這個蠢問題，你不應該問這類問題，這留給那些平庸的人去問吧！這個問題對那些不曾體驗自己內在存在的人才對題，但你不是。」

不過南泉並沒有直接回答，他說：「應該到山下的村落當一頭水牛。」

趙州感謝南泉的指引，使他徹悟。

閱讀這些禪門故事就是一種體驗。有時文字背後的發生是你見不到的，有時發生不在問題、也不在答案中，你已讀過這則公案，你認為它能引領你悟道嗎？但趙州確實徹悟了。

這些故事只是非常表面上的，在故事底下另有一股隱祕的暗流，流露著深切的愛與感激。

趙州所感受到的南泉幾乎就是本來的南泉，儘管他只是個舞伴、不是門徒；而南泉也不曾堅持誰要成為他的門徒，他只堅持這一點：「和我在一起就夠了。如果有什麼會發生的話，那就敞開自己；我的門是開的，如果你也是，我們就能交會，別關著門，只要帶著接受性。」

我就是在散播那份能量，那會帶來跳躍，你昏沉了千百年的心將頓時啓蒙。如果你保持敞開、親近我，因為只有在一定距離內，跳躍才可能發生。

如果你離得太遠、保持安全距離，想以此悟道，那你就錯了。你必須冒險地靠近師父，盡可能靠近。在那種靠近、那種親密中，你的心會被頓時點亮，不再昏沉無知。

所以要謹記在心，這些故事只是真相的表面，真相不可言傳，真相只能被了解。

所以一個悟道的人永遠是從師父到另一個成熟者的傳遞，這是百分之九十九點九的情況，而我卻屬於那百分之零點一的狀況，因為悟道不必然、不是非得跟師父才能實現。

你也能自行悟道，但這種途徑難了點、比較辛苦。你可能會墮落很多次、走岔很多次，再三地回到周圍地帶。就算你日益靠近核心，你也不會察覺，只要絲毫閃失，你就會錯過。

我有說過這則故事嗎？

有位國王箭術一流，儘管偶爾也會失手，但還是被視為偉大的弓箭手，這是理所當然的。有一次他路過某個村莊，見到那裡的每一棵樹、每一根柱子上都安著靶子，而且靶心都正中了一支箭，他大感詫異，心中暗想一定有偉大的弓箭手住在這裡。所以他停下馬車向村民打聽，村民笑著說：「那不是弓箭手，他是個白癡。」

國王說：「白癡怎麼有如此完美的箭術？」

村民還是笑著說：「他來了，那個傢伙已經騙了許多人。這個白癡先把箭射到樹上，然後再畫出靶子，所以當然十全十美。」

所以那個人永遠不會失手。但獨行者的途徑是無跡可循的，完全不曉得去向……不過，偶爾也會出現沒有師父的悟道者，這是我很篤定的，因為我就沒有任何師父。獨自走來的我深知這是一條漫長的路。

不幸的是，這個世紀要上哪兒去找師父？於是我想，「與其浪費時間找尋，還不如獨行，說不定這段時間能讓我找到自己。」有很多假師父不過是老師冒充的，而且也受大眾公認，因為沒有人追隨他們，否則你會馬上發現他們毫無領悟，只是在引經據典而已。

聽說有一隻狗非常不喜歡吠，所以叫其他狗也不要吠，牠是狗群中很出名的師父。大夥兒說：「他很特別，也許是神的化身，我們都是可憐的狗，只要看到穿制服的郵差、員警或桑雅士，就忍不住猛吠。」

狗似乎是叛逆的一群，他們反對制服，而這位狗師父從早到晚都誨人不倦地說：「吠叫會降低我們的格調，不然我們早就名列進化之首。因為我們的能量全耗在吠叫上面。」

大家都同意說：「的確，但是怎麼辦？狂吠的欲望很難抗拒。我們只是平凡的狗，不像你是師父。」

不過，某一個月圓之夜，大家做了這個決定：「他已經努力了好多年，給他一次機會也不為過，就讓他滿意一個晚上吧：大家各自藏起來——無論如何都要憋住不吠，只要忍一晚，明天一早你就可以盡情吠。只要一個晚上。」

稍後這位狗師父四處張望、困惑不已——月圓之夜正是眾犬齊吠的時刻，因為狗最反對月亮——這是牠們的特性。本來在夜裡睡得好好的，但只要月亮一出現就會徹夜失眠、狂吠不已。這是在抗議月亮、還是對月色讚不絕口？天知道！

那一夜，狗師父四處探望，沒有半隻狗在吠。時至午夜，月亮已經高掛在頭上，狗師父的心開始劇癢，他說：「天啊！從來沒這麼難挨！」

之前的他一直沒機會狂吠一番，因為一直忙於說教，但這回他中了自己的罩門，生平第一次長達數小時沒有對象好說教，於是他竟然吠了起來，全城頓時嗥聲四起……因為所有的狗都以為有人叛變。

這些狗只是一群勉為其難的聖徒，現在既然有人叛變，那就不必再遵守協議，因此每一隻狗也開始狂吠。

稍後，狗師父即再度現身說法：「我就說你們這些狗毫無長進——一點出息也沒有。」

這些假師父……追隨他們，你會很快發現，他們本身都不遵循自己所教導的、所譴責的。因為你不曾遵循他們，所以也不知道他們在幹嘛。

有個人教導說：「我會帶領追隨我的人到真理的境界。」每個人都同意這番說法：「等到我老了，圓滿所有俗事之後，我們就會追隨你。」

因為持續四處傳道，使他成了偉大的師父。「他知道真理，」有一名意志堅定的年輕人起身說，「我要追隨你，請帶我到真理之境吧！」

那個人開始惶恐起來，因為他對真理一無所知，只是因為沒人追隨他，所以就以大師自居，以此自樂，可是又不能說：「你不要追隨我。」

於是他這麼打算：「就讓他跟我幾天，我會帶他到深山、用苦行折磨他，讓他知難而退。」

但那名年輕人態度非常堅決，持續六年的試煉也沒退縮，最後師父終於說：「聽著，就是因為你，我才忘了修行、一蹋糊塗，原本我可以輕易找到真理，但六年來連個瞥見都沒有。這都是你的責任！」

假師父如過江之鯽，真師父的年代已不復存在。

南泉和趙州就是那種輝煌年代的人物。當趙州回說：「我徹悟了。」南泉則論道：「昨夜三更時，月光從窗子照進來。」師父完全曉得門徒何時悟了道，這是跟他說事情發生的確切時間。「昨夜三更時，月光從窗子照進來。你以為我不曉得你已經徹悟了嗎？早在你知道之前，我就知道了。」

你不必告訴真師父說：「我悟道了。」你悟道的那一刻，他就會告訴你；當他見到你的綻放，看到春天已經降臨、感到芬芳的那一刻，他就會宣布那位門徒的悟道。

那個時代確實已不復存在，但還是有可能復興。它們之所以消逝是因為我們變得太庸俗、迷失在塵世中，忘記生命最重要的就是領悟自己。透過領悟自己這扇窗，你就能領悟整個存在的奧祕。但我們幾乎像玩著玩具的小孩，不知死之將至，屆時我們所重視的一切都會一文不值。

唯有你的靜心能給你明燈，照亮每一個夜晚，連死亡對你都不是死亡，而是通往神性的門。心中有了這盞燈，死亡也會轉化成一道門，使你進入遍及宇宙的靈性，你將與大海合而為一。

除非你領悟這種大海般的體驗，否則就是枉度此生。

石霜有一首小詩：

在這個神聖的殿堂中，你的禪法不留絲毫痕跡，
你憑自己領悟了優雅以外的優雅。
在寒凍的露水中、在聳入天堂的森林間，
你的老禪杖喀喀地響著。
在智慧林的寺院裡，瓜果熟了；
現在正是時候。
現在始終是時機，瓜果向來是成熟的，只要你凝聚勇氣潛入你內在的森林。瓜果一直都是熟的，任何時刻都是恰當的時機，沒有不合時宜這回事。

瑪尼莎問：「鍾愛的師父，當我們遇見自己的本來面目，我們能夠認出它嗎？」

瑪尼莎，遇見本來面目只是說領悟了何者是真相、何者只是倒影。當你見到真的，你就成了倒影，彷佛站在鏡子前一樣。你就像鏡子裡的你，當你領悟了真相，你便置身鏡子之外——鏡子裡只是倒影，倒影不是真的——那

就是見到本來的自己。你會頓悟到，之前的你一直活在假面具下，現在這個才是你的本來面目。

至此之前，你一直活在倒影、幻象、虛妄的狀態下。現在你消失了，只剩下本來面目。所以你一定會心生疑問，而且這個問題也是切題的：你要怎麼認出它？你已經不在了。本來面目一出現，你就消失了，不必你去認得，因為你已完全消失。本來面目自己會知道那個截至目前代表了你的虛妄人格。

現在虛假的已消失，只剩下真實的，所以沒有認得不認得的問題。虛假的你怎麼可能認清真實的？當真相出現，虛妄就消失了，這兩者沒有交集。這就是對找尋自己的恐懼：因為當你找到自己，你向來知道的自己就會像影子一樣消失，彷彿沒存在過——就像個夢。

我說過這則故事……有個醉漢在酒吧與人打架，搞得滿臉傷疤，很怕回家被老婆撞見。所以就提著鞋子、靜悄悄地走進房裡的浴室，當他見到鏡子的臉就說：「天啊！滿臉都是傷疤！怎麼掩飾才好？一早一定會被她發現。」

於是他想盡辦法遮掩，但只找到他老婆的口紅，所以就用口紅塗在傷疤處，然後悄悄地上床睡覺。一早他老婆竟然在浴室裡吼著：「是誰拿我的口紅在鏡子上亂畫？」那醉漢以為把口紅塗在自己臉上，但卻塗在鏡子上，因為那裡有張臉，但他看不到自己的臉！

我們幾乎面臨同樣的情境。本來面目一出現，我們會發現：虛妄的幾乎頓時消失。因為真假永無交集，所以沒有認得與否的問題。

在我們試著面對本來面目之前……那是個危險的旅程，也許你遇見了本來面目，但要記得回來，別陷在那裡，而是要將本來面目慢慢帶到周圍。

那是一個非常寧靜、從容的過程：隨著你每天的深入、回來，某些事情會一點一滴、一步一步改變。你終有一天會赫然發現：已經沒必要再往內走了，因為本來面目已經浮現，烏雲散去、明月現前，沒有半點雲朵阻擋，直接散放最燦爛的光芒。

沙達・古魯達亞・賽已經準備好了。

波蘭教宗決定將他的大公教會（Holy Catholic Church）變成世上最現代、最新穎的宗教，而且要全面電腦化。

「這太容易了，」幾週後，方哥神父在告解室內對番寶神父這麼說著。

「你只要在螢幕上鍵入懺悔的項目，然後電腦就會列出贖罪的內容。你看，我鍵入『偷竊』，螢幕就出現贖罪的內容：讚頌聖母瑪利亞三次，繳交十五美元的罰鍰。你看這可行嗎？」

「好，」番寶神父急切地說，「我會試試看。」方哥神父離去後，他即刻著手進行。

不久，莎莉進了告解室，「喔！神父，」她說，「我有罪！」

「真的嗎？」番寶神父說，「一五一十地告訴我！」

「嗯，神父，」莎莉說，「我帶男友回家。」

「太嚴重了！」番寶神父嚷著。然後對著他的電腦、嘴巴念念有詞地輸入這行字：「帶男友回家。」

「是的，神父，」莎莉繼續說，「不僅如此，他還進了我的臥室。」

「真的？」番寶神父一邊說著、一邊慌忙地打著鍵盤，「男友進了臥室。」

「耶穌基督！」番寶神父核對了列印結果時這麼說。

「等等！神父，」莎莉說，「然後他脫了衣服、爬到我的上面。」

「天啊！」番寶神父一邊說著、一邊鍵入，「男友在上面。」

「沒錯，神父！」莎莉說，「然後他把那話兒的頭插入我的身體。」

「真的嗎？」番寶神父一邊流汗、一邊鍵入，「把那話兒的頭插入。」然後興奮地核對結果，但卻是白紙一張，之後再三重試，結果還是白紙一張。

「資料錯誤！」番寶神父深受挫折、氣沖沖地說，「資料不全使這電腦當機，所以你必須回去重來一遍，叫你男友把整根插進去，再來告解！」

＊　＊　＊

喬治・布希是美國的副總統，有一天早上在白宮散步，發現隆納・雷根在那裡歇斯底里笑著。「總統先生，」布希問，「世上有什麼事這麼好笑？」「我剛才發現艾德・密斯每次和南西・雷根上床都得付二十美元。」雷根總統興奮到說不出話來。

「天啊！」布希叫著，「這不好笑！這會變成全國皆知的醜聞！」

「怎麼會？」雷根笑著並擦去眼角的淚水說，「那個白癡！我和南西上床都不用錢！」

＊　＊　＊

尼夫醫師帶他的老友方哥參加聾啞學校的一場慈善舞會，尼夫再三交代方哥說，跟年輕小姐跳舞沒關係，但千萬記住別與她們交談，因為她們既聾又啞。

「但要怎麼邀請小姐跳舞？」

「喔！這你不用擔心，」尼夫回答，「到時就知道了。」

方哥發現一位貌美的少女獨自在角落，所以帶著善意、慇勤地牽著她進了舞池。

半小時後，他還在想該怎麼向那女孩表達想要回座休息的意圖。

就在那個當兒，有名年輕人走過來對那女孩說：「嘿，璐西！你什麼時候再與我共舞？我們已經幾乎一小時沒共舞了。」

「我知道，」璐西望著方哥回答，「但我不曉得怎麼擺脫這個既聾又啞的笨蛋！」

尼維達諾……

鼓聲

亂語

尼維達諾……

靜下來，閉上眼睛，感覺身體完全靜止。
現在，以全部的意識、極其殷切地往內看，
彷彿此生的最後一刻。
像支箭般射向你存在的核心，

這個核心包含了存在的一切祕密，
你愈深入，你會益加發現生命的燦爛、
生命的美、生命的真理。
無數花朵會倏然綻放。
你只是這一切發生的觀照，
只要看著那些喜悅、喜樂、狂喜，
別迷失、別認同，
保持超然，如雄偉、聳入雲端的聖母峰。
只要如如不動地觀照，
讓祂愈來愈清晰。

放鬆，放下；
你不是身體，也不是頭腦，你只是觀照。
深入這個觀照，這觀照就是轉捩點，
從平凡到不凡、從世俗到神聖、從必死到不朽。
今夜已經很美，但你們使她變得更美，
一萬尊寧靜的佛、一萬尊安詳的佛、一萬尊觀照的佛，
全部融成一片大海，
你們全都融在那片大海。

浸淫在那甘露裡，被祂充滿，
因為尼維達諾就要喚你回來。
盡可能滿載美、喜悅、真理、誠真回來，
把它們從核心帶到周圍。

三

回來，
但像個佛，無比從容、寧靜，深懷感激地回來。
你正從另一個世界、生命的最根源處回來。
像個佛一樣，稍坐片刻，回憶那份體驗，
謹記你將不斷走過的那條路。
讓一切你所領悟的、經驗的，成為日常生活的一部分，
讓祂流露在你的言語、寧靜、姿態、舉止中，
平凡的必須轉化成神聖的。

我稱南泉為「靈性的轉折」，
讓這份內在的體驗也變成你的「靈性的轉折」。

這樣可以嗎？瑪尼莎。
是的，鍾愛的師父。
你能答應我，當我不在的時候，
你也能繼續慶祝下去嗎？
是的，鍾愛的師父！

奧修（Osho）是二十世紀最具知名度、也最具爭議性的一位靈性大師。

奧修靈性成長系列 13

道－順隨生命的核心

透過許多道家的寓言與小故事，奧修引你步上道途，去看見知識的無用與頭腦的詭計，讓你發現內在喜悅的本質。你唯一需要的就只是穿透、進入自己存在的內在深處。　　定價300元

奧修靈性成長系列 10

禪－活出當下的意識

禪整個教誨就是：如何處在當下，如何跳脫出已不存在的過去，不牽扯到尚未出現的未來。

定價250元

奧修靈性成長系列 11

瑜伽

－提升靈魂的科學

當身體真的安適、靜止了，突然間，二元性和因二元性而產生的紛擾就消失了。屆時你會變成純粹的意識。　　定價280元

奧修靈性成長系列 05

直覺

—超越邏輯的全新領悟

直覺是每個人與生俱有的天賦，在遭遇困頓挫折時，且保持敞開，允許直覺向你說話。　　定價280元

奧修靈性成長系列 12

蘇菲靈性之舞

－讓自我死去的藝術

蘇菲是自我死去而意識清醒的人，透過書中許多讓人警醒的故事，你也可以剝落虛假，看到更深的真實。　　定價320元

奧修靈性成長系列 06

親密

—學習信任自己與他人

親密，不在表面的相處與溝通技巧，而著重個人深層的放鬆與轉化，屆時親密才可能眞實存在。

定價250元

奧修靈性成長系列 09

存在之詩

－藏密教義的終極體驗

然而任何可能道破的都已形諸於此；奧修與帝洛巴這場不凡的相遇，爲我們打開了領悟、接受與超越的大門。　　定價320元

奧修靈性成長系列

奧修靈性成長系列08

叛逆的靈魂－奧修自傳

這本難得一見的自傳詳述了奧修幼年的純真自在、少年期的叛逆、青年期的開悟體驗、壯年期與世俗傳統的抗爭，你會更貼近這位靈性師父，看見他真實、人性的一面及頑童般可愛、可敬的特質。　定價399元　(精裝本500元)

奧修靈性成長系列14

身心平衡

與你的身體和心理對話

身體有著了不起的智慧——要允許它，要愈來愈允許它追尋自己的智慧。一有時間就好好放鬆，如此一來，你的行動就有一種美、一種無比的美，你的行動將帶有靜心的品質。　定價300元

內附〈與你的身體對話〉引導式靜心CD

奧修靈性成長系列01

成熟

重新看見自己的純真與完整

成熟與你的內在旅程有關。成熟會讓你超越死亡的恐懼與局限，再度擁有孩子似的純真。

定價280元

奧修靈性成長系列03

創造力

釋放你的內在力量

人類需要在自由的土壤上用自己的方式去過生活，那時，創造力就如雨後春筍般油然滋長，展露芬芳。

定價280元

奧修靈性成長系列02

勇氣

在生活中冒險是一種喜悅

你需要莫大的勇氣去挑戰未知，一旦你品嘗到自由與無懼的滋味，即使只是一個片刻，也將永不後悔。

定價300元

奧修靈性成長系列04

覺察

品嘗自在合一的佛性滋味

覺察是我們畢生的功課。唯有加深覺察，才能走出重重纏繞的生命束縛，找到寧靜醒覺的空間。

定價300元

奧修靈性成長系列25

奧修談禪師南泉普願——靈性的轉折

原著書名／Nansen-The Point of Departure
作　　者／奧修 OSHO
譯　　者／陳明堯 Gyan Purana
執行編輯／王美智
總 編 輯／黃寶敏
行銷經理／陳伯文
發 行 人／許宜銘
出版發行／生命潛能文化事業有限公司
聯絡地址／台北市信義區(110)和平東路三段509巷7弄3號1樓
聯絡電話／(02)2378-3399
傳　　真／(02)2378-0011
網　　址／http://www.tgblife.com.tw
E-mail／tgblife@ms27.hinet.net
郵政劃撥／17073315（戶名：生命潛能文化事業有限公司）
郵購九折，郵資單本50元、2-9本80元、10本以上免郵資

總 經 銷／吳氏圖書有限公司・電話／(02)3234-0036
內文排版／普林特斯資訊有限公司・電話／(02)8226-9696
印　　刷／承峰美術印刷・電話／(02)2225-7055

2005年6月初版
定價：280元

ISBN: 986-7349-10-5

國家圖書館出版品預行編目資料

奧修談禪師南泉普願：靈性的轉折／奧修(Osho)
著；陳明堯譯. --初版. --臺北市：生命
潛能文化, 2005〔民94〕
面；　公分. --（奧修靈性成長系列；25）
譯自：Nansen: the point of departure
ISBN 986-7349-10-5(平裝)
1. 靈修
192.1　　　　94007356

讓生命潛能 帶你探索心靈世界的真、善、美
Life Potential Publishing Co., Ltd